パンとペンの事件簿

柳広司

Koji Yanagi

幻冬舎

パンとペンの事件簿

装幀　須田杏菜
装画　たけもとあかる

目次

第一話　合言葉《あいことば》は〝パンとペン〟

何かが頬《ほお》にふれた気がして、ぼくは薄目を開けた。

目の前の手の甲《こう》に白いものがふわりと降りたち、すぐに消えてなくなる。

(雪だ……雪がふってきたんだ)

ぼんやりと考えて目を閉じる。急に、猛烈な寒さを覚えた。

ふたたび目を開け、自分が暗い路地に倒れていることに気がついた。

体のあちこちが痛かった。足や腰や、背中や、肩や、痛くないところを探す方が難しいくらいだ。身動きしようにも、体が全然言うことをきいてくれない。

(なんで? どうしてぼくはこんなところに……?)

——殴られたんだ。

ふいに記憶がよみがえった。

ぼくは何人かの男たちに取りかこまれ、さんざん殴られたり蹴られたりしたあと、この路地にほうり込まれた。

——馬鹿め、思い知ったか!

——身のほどをわきまえろ!

立ち去りぎわの男たちの捨てぜりふを、はっきりと思い出した。

すぐ近くの表通りには街灯がともり、大勢の人が行き来する気配がつたわってくる。

助けを呼ぼうにも、声が出なかった。

行き止まりの路地なんか、誰も覗《のぞ》こうとは思わない。

ふっ、と気が遠くなった。雪がふっていて寒いはずなのに、なんだか暖かく感じられる。

（……やっぱり、ついい、ついてないいや）

そう思って目を閉じた。

「おとうさま、人が倒れているわ」

路地の入り口から声が聞こえた。女の子の声だ。

つづいて何人かの男たちの声がする。

「どれどれ。本当だ。よく見つけたな」

「ん？　なんだか酒くさいぞ。酔っ払いじゃないか」

「きみ、きみ。こんなところで寝ていると風邪をひくぞ」

「ほ、放っておけ。ど、どこで寝ようと、か、各人の自由だ！」

路地の入り口の方からわいわいと話す、にぎやかな声が聞こえる。酒くさい云々《うんぬん》というのは、ぼくを殴った連中が、立ち去りぎわ、口に含んだ酒をぼくに吹きかけていったからだ。なるほど、酔っ払いが路地奥で野垂れ死んでも誰も気にもしない――。

「この人、けがをしているみたい。このままじゃ死んでしまうわ」

女の子の声が、今度はもっと近く、すぐ耳もとで聞こえた。

薄目を開けると、目の前に大きな赤いリボンが見えた。リボンだけ。顔は影になって見えない。

「おとうさま、何とかしてあげて」

「やれやれ。そうだな。仕方がない、今日は特別な日だ」

低い、落ち着いた声の主《ぬし》がそう言って、女の子の背後からあらわれた。

脇に手を差し入れられる。

ふわり、と持ち上げられた瞬間、意識がふたたび遠くなった。

その一

♪ラメチャンタラ　ギッチョンチョンデ　パイノパイノパイ
♪パリコトパナナデ　フライ、フライ、フライ……

馬鹿に陽気で元気な調子の鼻歌が頭の上で聞こえた気がして——目が覚めた。

目を開け、周囲を見まわすと、どこかの事務所らしき一室の壁際に置いた長椅子に横になっていた。

窓からは明るい陽光が差しこみ、暗く冷たい路地に横たわっていたことなど、まるで嘘《うそ》のようだ。

（あれは夢だったのか？　ここはいったいどこなのだろう？）

起きあがろうとして、ぼくは思わず「いたっ」と声をあげた。体のあちこちが痛かった。少なくとも、殴られたり蹴られたりしたのは夢じゃない――。

「おっ、気がついたかい。よかった、よかった」

近くの机で書き物をしていた男の人が書類から顔をあげ、ぼくに声をかけた。

白いシャツを腕まくり。ツイードのジャケットが椅子の背にかけてある。年齢はたぶん四十代半《なか》ばくらい。短髪、丸顔に、細い銀縁の丸眼鏡をかけた、がっしりとした体格の人だ。

「まあ、そう急には動けないさ。ひどく痛めつけられていたからね。もう少し横になっているといい」

力強く、温かみのあるその声に、聞き覚えがあった。路地で倒れていたぼくに手を差し伸べてくれた人だ。

「助けて下さって、ありがとうございました」

ぼくは何とか上半身を起こして礼を言い、頭をさげた。

「なに、痩《や》せっぽちのきみをみんなで運んできたんだ。たいした手間もなかったさ」

男の人は片手をふってそう言うと、そのままぐるりと周囲を示した。

事務所には机と椅子がいくつか置いてあって、何人かの男の人がそれぞれ机に向かって書き物をしたり、分厚い書物をひろげて調べ物をしたり、部屋の隅の応接机で来客の対応にあたっていた。

年齢も身長も体格も、てんでばらばら。服装も、洋服和服が入り交じっていて、およそ統一感というものがない。

ぼくの視線に気づいて軽く手をふったのは、昨晩ぼくを一緒に助けてくれた人だろう。お礼を言おうとしたが、みな忙しそうで、すぐに自分の仕事に戻ってしまって、タイミングがつかめない。

「それで、あの、ここは……?」

ぼくは、最初に声をかけてくれた男の人に向きなおってたずねた。

「すまないが、話はあとだ。朝から急ぎの仕事が入ってね。こいつを先にやっつけてしまうから、少し待っていてくれたまえ」

相手はそう言って机に向かって、一心にペンを走らせている。

仕方なく、さっきまで横になっていた長椅子の上にぽつねんと腰を掛け、言われたとおり〝少し待っている〟ことにした。

おかげで、わが身をふり返る余裕ができた。白い包帯が手や足に巻かれている。

ぼくが気を失っているあいだに傷の手当をしてくれたらしい。濡《ぬ》れていた服もすっかり乾き、寒くないよう体の上に毛布までかけてくれていた。

ずいぶんお世話になったということだ——。

事務所のなかを見まわすと、入り口の向かい側正面、一番目立つ場所に漢字三文字を大きく記した額が掲げてあった。

売文社《バイブンシャ》――と読むのだろうか？

文字の横に、食パンにペンが突き刺さったヘンテコな絵が添えられている……。

額を眺めていると、突然、背後で力強い声が聞こえた。

「よし、できた！」

思わず、びくりとその場に飛びあがったほどの大きな声だ。

「それじゃ、添田《そえだ》君。大急ぎで、これを届けてきて！」

どこからか、鹿子斑《かのこまだら》の着物姿の色白の少年があらわれ、差し出された書類を受け取ると、ぱたぱたと足音を立てながらたちまちつむじ風のように走り去った。

「檜山《ひやま》さん。渋《しぶ》いお茶二つ……じゃないな。渋いお茶と、白湯《さゆ》を一つずつお願いします！」

「はい、社長。ただいま」

事務所の奥から声が応《こた》え、五十年配の人のよさそうなおじさんが、湯飲みを二つお盆にのせてあらわれた。

差し出された湯飲みに恐る恐る口をつけると、白湯だった。たしかに、いまのぼくにはこの方がありがたい。白湯の温かさが、体全体に染みわたるようだ。

「だいぶひどくやられたようだね。大丈夫かい？」

男の人が渋いお茶を一口飲んだあと、心配しながらもどこか面白がるような口調でたずねた。

「助けて下さって、ありがとうございます」

ぼくはもう一度お礼を言って、ぺこりと頭をさげた。すぐに顔をあげ、

「ここはどこなのです？　みなさんは誰で、昨夜はなぜぼくを助けてくれたのですか？　あと、バイブンシャというのはどういう意味で、あのパンにペンを突き刺したヘンテコな絵は何なのです？」

一息《ひといき》にそうたずねると、ぼくの質問の仕方がよほどおかしかったようで、男の人は飲みかけのお茶を危うくふきだしそうになった。

「これはまた、全部いちどきにたずねたものだね」

湯飲みをかたわらの台の上に置き、

「一つずつ、順番にいくとしようか」

と言って、質問に答えてくれた。

堺利彦《さかいとしひこ》さん。

というのが、目の前の男の人——昨夜ぼくを助けてくれた人の名前だった。

堺さんの説明によれば、ここは銀座にある売文社の一室で、堺さんが売文社の社長、部屋にいる人たちは売文社の特約社員や特約執筆家の人たちだという。

「あの洋服を着た背の高い目のぎょろりとしたのが大杉《おおすぎ》君。向こうでこそこそやっているのが荒畑《あらはた》君と橋浦《はしうら》君で、お茶をもってきてくれたのが小使いの檜山さん。原稿を届けに走って行ったのが門番の添田君——わが社に門はないから〝門番〟は自称で、まァ玄関番だね」

と、堺さんは事務所に居合わせた人たちをいちいち指さして紹介してくれたあと、ちょいとあごをひねり、「ほかにもまだ色々といるんだが、今日は出社していない。彼らについてはまた、おいおい」と言って、ぼくに向きなおった。

「昨夜遅く、みんなで散歩中にきみを見つけたので、ここまでかついできて、手当をした。なぜ、と言われても困るが、あのまま放っておいたら、雪もふってきていたし、死んでいたかもしれない。娘が見つけてしまった以上、放っておくわけにはいかないからね」

なるほど、とぼくは口のなかで小さくつぶやいた。あの赤い大きなリボンの主《ぬし》は堺さんの娘さんだったというわけだ。

そういえば、おとうさま、たしかそんな言葉を耳にした覚えがある。

「娘は、今日は平日だから学校に行っている」

「トクヤク社員やトクヤク執筆家というのは何ですか？」

「自由に出社して、自由に仕事をして、自由に帰る。報酬は各人の仕事に応じて受け取る——要するに〝売文社一味《いちみ》〟だ」

堺さんはそう言って豪快に笑っている。

一味？

ぼくは首をかしげた。一味、という言葉は普通、そんなふうには使わない気がする。

「あとはなんだっけ？　ああ、そうそう。売文社の意味と、パンとペンの絵解きだったね」

社長の堺さんがお茶をすすりながらのんびりした口調で説明してくれた売文社の経営方針とは、およそ以下のようなものであった。

売文社とは、文字どおり「文を売る会社」である。注文があれば何でもござれ。慶弔《けいちょう》文や手紙の代筆。英語、フランス語、ロシア語、ドイツ語などの外国語の翻訳から、談話演説の速記、写字およびタイプライター。出版印刷代理。各種原稿、意見書、報告書、趣意書、広告文、新聞や雑誌の記事の立案添削。その他、懸賞小説や学生の卒業論文代筆代作に至るまで、およそ文章に関する依頼であれば何でも引き受ける。

料金は通常一枚五十銭。これを「ベラボウに安い」という人もあれば「法外に高い」という人もある。もっとも、料金は文章の長さや内容、難易度、時と場合によっては依頼人の懐《ふところ》具合でも応相談。

壁に掲げられたパンとペンが交叉《こうさ》するポンチ絵は〝ペンを以《もっ》てパンを求める〟という売文社の方針を示したものである――。

飄々《ひょうひょう》とした口調で語られる説明を、ぼくは途中からほとんど呆然《ぼうぜん》としながら聞いていた。

文を売る？

注文があればどんな文章でも書く？

そんな商売をしている会社があるなんて、はじめて聞く話だった。

世の中ではよく「文は人なり」という言葉を耳にする。「文はそれを書く人を表す」といった意味だ。逆に、文を売る、注文どおり何でも書くというのは、身を売るようなものではないか？「売文の徒《と》」という呼称は、ぼくが知るかぎりほめ言葉ではないはずだ――。

「ほかに質問はあるかな？」

堺さんの声で、ぼくはわれに返った。いつのまにか、手にした湯飲みがすっかり冷めてしまっている。少し考えたあと、ぼくは思い切って顔をあげ、

「文は、売るものではないと思います」

と、堺さんに向かって言った。

「お見受けしたところ、ここにいるみなさんは、学のありそうな方たちばかりですし、仕事ならほかにいくらでもあるのではないですか？　わざわざ身を売るような仕事をしなくっても……」

言いかけて、妙な気配に気づいた。

見まわすと、さっきまで忙しそうにしていた人たちが全員ぴたりと手をとめ、ぼくの方を眺めていた。

「あの……何か？」

ぼくの質問に売文社の人たちは顔を見合わせ、いっせいに、ぷっ、とふきだした。

くすくす。アハハ。げらげら。

どひゃっひゃっ。

それぞれ、声に出して笑い崩れている。

ぼくがいったいどんな面白いことを言ったというのか？

売文社〝一味〞の一人――さっき「荒畑君」と紹介された小柄な人が最初に笑いをおさめて、ぼくに声をかけた。

「僕たちに、ほかに仕事なんかありゃしないさ。なぜって、ここにいるのは、堺さん以下、全員がシャカイシュギシャなんだからね」

シャカイ……シュギ……シャ？

えっ？

社会主義者？

ぼくはぽかんと口を開けたきり、言葉を失った。


何年か前、ぼくがまだ田舎《いなか》の尋常小学校に通っていたころ、〝天皇陛下暗殺を企てた〟として社会主義者十二人が一度に処刑されるという事件が起きた。

事件が発表されると、世の中はたちまち蜂の巣をつついたような騒ぎとなった。日本中の人がヒステリイを起こしたような感じで、寄ると触《さわ》るとその話ばかり。その後も世間では「社会主義者」といえば極悪非道《ごくあくひどう》の徒、悪鬼羅刹《あっきらせつ》、天下の大悪人のごとく目《もく》されている。

社会主義に関係する人たちはみな、当然のように白眼視され、職を失い、住む場所を追われた。社会主義者には必ず刑事が尾行につき、警察が二十四時間監視をしている。「社会」の文字がつく本や雑誌は片っ端から出版禁止となり、本屋の店先から姿を消した。噂《うわさ》によれば、生物学者が書いた『昆虫社会』という自然科学の本までが発禁処分になったそうだ。

危ういところを助けられたと思ったら、気がついたのは鬼の住処《すみか》か蛇の巣か。まさか社会主義者のど真ん中とは——。

やっぱり、ぼくはどこまでもついていない。

よほど情けない顔をしていたのだろう、堺さんが苦笑しながら口を開いた。

「社会主義者といってもご覧《らん》のとおりだ。別に、きみを取って食おうと思って助けたわけじゃない」

ぼくは首をすくめて、恐る恐る周囲を見まわした。

たしかに、普通の人のように見える。むしろ、みんな学のある、優秀そうな人たちばかりだ。

「ほかで仕事がないのは本当だがね。仕方なく売文社をはじめたところ、このとおり、思いのほかの大繁盛だ。最近じゃすっかり有名になって、全国各地に同じ名前の会社ができている。神戸に大阪、札幌、千葉、高知……あとはどこだったかな？　そうそう、台湾にも今度売文社ができるという話だ。こんなことなら、特許をとっておけばよかったよ」

堺さんは冗談めかしてそう言うと、おかしそうにからからと笑っている。

……どこからどう見ても、豪快で、人好きのする、健康的な人柄である。

ぼくは詰めていた息を、そっと吐き出した。

「それじゃ、ここにいるのはみなさん、例の事件とは何の関係もない人たちなんですね？」

「関係がないといえば、まあ、そうだな」

堺さんは髪を短く刈った頭をぐるりとなでて言った。

「なにしろ、事件が起きたとき、われわれは塀の中にいたからね。不在証明成立《アリバイ》。さもなければ、ここにいる何人かは、きっと彼らと一緒に吊《つ》るされていたはずだ」

ふたたび唖然とするぼくに、堺さんはお茶をすすりながら追加で事情を説明してくれた。事件が世にあらわれたとき、ここにいる堺さん、大杉さん、荒畑さんたちは、別の事件で検挙投獄されていた。さすがの警察も、獄中で天皇陛下暗殺を計画しただろうとは主張のしようがなく、危ういところで事件に巻き込まれずに済んだのだという。

ぼくは首をかしげた。堺さんの口ぶりでは、あの事件はまるで……。

「政府権力者が当て推量で描《か》いた絵に、警察がそれらしく色を塗りつけた——それがあの事件の真相だよ。全部まるごと明治政府のでっちあげだ」堺さんはきっぱりと言った。

「えっ？ でも、世間じゃ……」

「うん。世間の人たちは誰もそんなふうには思っていない。新聞や雑誌が、政府と警察の発表をそのまま記事にして、さんざん書きたてたからね。世の中の人たちはそれが真実だと思い込んだ。ありもしない犯罪が行われたと、本気で信じてしまったんだ」

「僕たちは、あの事件で処刑された者たちをよく知っている」別の人が部屋の向こうから口を挟んだ。「彼らがあんな事件を企てるものか。あれは大逆《たいぎゃく》事件なんかじゃない。無実の者たちが政府の陰謀によって殺された大逆事件捏造《ねつぞう》事件——いわば〝大《おお》いに逆《さか》さまの事件〟だ」

「……と、まあ、そういうわけでね」

堺さんがあとを受け、混乱して、呆然としているぼくに言った。

「おかげで僕たち社会主義者は、社会主義者であるというだけの理由で職を追われ、新しい職は日本国中どこに行っても得られないありさまだ。しかし、社会主義者だって霞《かすみ》を食って生きているわけじゃない。世の中には『ペンは剣より強し』という言葉があるが、もう一つ、『ペンは一本、箸は二本。衆寡《しゅうか》敵せず』という言葉もあって、時にはペンよりパンの方が強いということだ。幸い、僕たちは人より上手《うま》く文章を書くことができる。文を売って、自分と家族の口を糊《のり》するのに何のはばかりがあろう。売文社は依頼があれば何でも書くよ」

「とはいえ、堺さんは節操《せっそう》がなさすぎる」

外野からまた別の野次《やじ》が飛んできた。

「この前なんか『社会主義撲滅論』なる論文まで代筆していた。依頼があったとはいえ、いくら何でもやりすぎだ」

「そこが腕の見せどころでね。なァに、そうならないよう上手く書いたさ」

堺さんはからりと笑ってそう言うと、あらためてぼくに向きなおった。

「さて、と。今度はきみが質問に答える番だ」

ぼくの、番？

いったい何を言われたのかわからず、きょとんとしていると、堺さんは太い腕を胸の前で組み、ぼくの顔を覗き込んでたずねた。

「織物工場でまじめに働いていたきみが、いったいなぜやくざ者たちから殴られて、盛り場の路地の奥に打ち捨てられるはめになったんだい？」

ぼくは呆気にとられて目をしばたたいた。

「おや、質問をまちがったかな？」

堺さんはあご先をちょいとつまみ、面白がるような口調でつぶやいた。

ぼくはぶるぶると勢いよく首をふった。

「そのとおりです。でも、なぜわかったのです？　初対面のぼくの職業や、殴った連中、それにそのあとの経緯まで……」

「それなら簡単な話だ」

堺さんは銀縁の丸眼鏡を外し、よごれを拭いながら謎解きをしてくれた。

「きみの手の爪先の紺色は糸の染料特有のものだ。それに、きみが着ていた作業着のポケットや折り返しには、何種類もの細かな糸くずが入っていた。織物工場で働いていれば、どんな隙《すき》間《ま》にも細かな糸くずが入りこむものだ。一方で、きみは手の爪をきれいに手入れしている。織物を扱うさい、爪に糸がひっかかったんじゃ、製品をだめにしてしまうからね。以上の点から、きみが織物工場で働いていた、しかもまじめな織工だったことくらいは、誰にだってすぐにわかる話さ」

堺さんはそう言うと、眼鏡を顔の前に掲げて見え方を確認した。

「きみを殴った連中を推理するのは、もっと簡単だ。きみは起きあがれないほど暴力をふるわれていながら、一見そうは見えなかった。見える場所に大きな痣《あざ》ができたり、血が出たり、骨が折れたりはしていなかった。少し離れると、きみが怪我をしていることさえわからなかったくらいだ。

ところが、手当のために傷の具合を確認すると、きみに暴力をふるった相手は一人でないことは明らかだった。何人もの人間に殴られたにしては、あの路地は狭すぎる。きみが倒れていた周囲の地面も荒れていなかった。路地のなかが妙に酒臭かったのは、酔っ払いが寝ていると通行人に思わせるために酒をまいていったからだろう。つまり、きみはどこか別の場所で何人かの暴漢に襲われ、あの路地にほうり込まれた。酔っ払いが酔い潰れているように偽装されてだ。素人《しろうと》同士の喧嘩じゃ、とてもそんなことまで気がまわるものじゃない。きみを痛めつけた相手は普段から暴力沙汰に慣れた連中、その道のいわゆるやくざ者たちだったということだ」

堺さんはそう言うと、満足したように銀縁の丸眼鏡を顔にかけた。

ぼくは驚いて目を丸くした。

まるで、小説に出てくる名探偵だ。

「問題は、なぜまじめな織工のきみがそんな物騒《ぶっそう》な連中とかかわることになったのかだ」

堺さんは太い腕を胸の前で組み、小首をかしげた。

「ここから先は、きみ自身に語ってもらうしかない。もちろん、話したくなければ話さなくてもいい。だが、もしきみが困っているのなら、われわれ売文社が力になれるかもしれない」

ぼくは無言で左右を見まわした。

さほど大きな部屋ではない。売文社の人たちには、堺さんのよくとおる大きな声がすべて聞こえていたはずだ。ニコニコとぼくを励ますような笑みを浮かべた人がいる一方、目配せを交わし、まただよ、といった顔で苦笑している人もある。

堺さんが「困り事相談」を買って出るのは、これがはじめてではないということだ。好奇心が強いのか、おせっかいなだけなのか……。

ぼくは天井を見あげた。

(どうしよう?)

心を決め、堺さんに向きなおった。

「少し長い話になりますが、いいですか?」

そう言って話しはじめた。


二年前。

長野の田舎の尋常小学校を卒業したぼくは、ある人の紹介で東京の下町にある織物工場で働きはじめた。勉強は好きだったから、本当は上の学校に行きたかったのだが、ぼくの家は貧乏な上に子だくさん。弟や妹もいて、上の学校に行かせてくれとはとても言い出せる状況ではなかった。

働きはじめたころはへまをするたびに怒鳴《どな》られたり、小突かれたりしたが、慣れてくると、一緒に働く年上の織工さんや女工さんたちはみんな、口は悪いが、いい人ばかりだった。ぼくが本を読むのが好きだとわかると、最初こそずいぶん変な目で見られたが、彼らに届いた手紙を読んであげたり、返事の代筆を頼まれたりするうちに、休み時間に一人で本を読んでいても何も言われなくなった。

最初の仕事は、原材料や製品を言われたとおり右から左に運ぶこと。糸や布はびっくりするほど重くて、力のないぼくはよく「なにをひょろひょろしていやがる！」と怒鳴られた。朝起きると、決まって腕や腰が痛かった。

そのうち織物機械の手入れや修理を手伝わせてもらえるようになると、こっちの方が向いているのがわかった。仕事にやり甲斐も感じていた。

悪い職場ではなかった、と思う。

ところが数か月前、急に工場の持ち主が替わった。何でも、工場主が資金繰りに困り、売りに出されたという。

工場主が替わっても現場で働く者には関係ない――と思っていたのだが、仕事の量が急に増え、一日の労働時間が大幅に長くなった。はじめこそ「今度の工場主は景気がいいわね」などと軽口を叩《たた》いていた女工さんたちも、一日に十四時間から十六時間も働かされるようになると、さすがに青い顔になり、冗談を言う余裕もなくなった。織物機械が入れ替えられたが、どれもこれも「捨ててあったのを拾ってきたのではないか？」と首をかしげたくなるほどの旧式の粗悪品ばかりだ。故障も多く、そのたびに駆り出されて、女工さんたちだけではなく、工場の誰も彼もが寝る間もなく、追い立てられるように働かされた。

労働時間は長くなったのに、給金は安くなった。

文句を言うと、製品の質が悪くて安く買い叩かれた、不良品の分を給料から差し引いたのだという。材料や機械の質を下げておきながら、まるで織工や女工さんたちが悪いような言い草だ。

そのころから、人相の悪い連中が工場内をわがもの顔で徘徊《はいかい》しはじめた。彼らは工場で働く人たちが不満を言っているのを見つけると大声で恫喝《どうかつ》し、文句を言わずに黙って働くよう脅《おど》しつけた。

そのうち、女工さんのなかに人相の悪い連中に乱暴されたと言って泣いている人があらわれた。見目《みめ》のよい女工さんが何人か姿を消したが、噂では玉《たま》ノ井《い》や吉原《よしわら》に売り飛ばされたという話だ。

工場内ではさすがに不満の声がわきあがった。

――いくらなんでも酷《ひど》すぎる。こんな仕事はつづけられない。

人相の悪い連中の目が届かないところでみなで集まって相談し、数日後に初めて視察に来る新しい工場主に掛け合うことになった。

代表として選ばれたのは、なんとこのぼくであった。田舎から出てきて二年目、見習い助手に毛が生えたていどの若造だ。もっと年上の、ベテランの織工さんが掛け合うべきではないか、と反論すると、「お前さんは学があるから」と言われた。ぼくだって尋常小学校を出ただけだが、「字が書けるだけりっぱなもんだ」と言って説得された。

どうやら、休み時間にいつも本を読んでいたのが悪かったらしい。

仕方がない。

ぼくは肩をすくめ、

「それじゃ、ぼくが代表して新しい工場主に陳情します。そのときは、みなさんもご一緒にお願いします」

「わかった」

「もちろんだとも」

ということで話がまとまった。

数日後。

予告どおり、人相の悪い男たちを引きつれて工場主が視察にあらわれた。小柄な、でっぷりと太った、五十がらみの男の人だ。鼻の下に変なちょび髭《ひげ》を生やし、高そうな洋服を着て、胸ポケットにはなんだかよくわからないが、勲章のようなものがピカピカ光っている。

ぼくはみんなとの約束どおり、覚悟を決め、新しい工場主の前に一歩進み出た。

「この工場で働く者を代表して、お願いがあります」

「……こいつか？」

工場主は葉巻に火をつけながら、目の前のぼくにではなく、隣にいた人相の悪い男にたずねた。

いい、いやな予感がした。

後ろを見ると、誰もいなかった。

みんな知らん顔で手をとめずに働きつづけている。誰一人こっちを見ようともしない。

みんなで陳情するという、あの約束はいったいどうなったのか？

啞然、としているあいだに背後から両腕をとられ、工場の外にひきずり出された――。

「あとは、堺さんの推理どおりです」

ぼくは小さく首をふって言った。

人目につかない場所に連れていかれたぼくは、人相の悪い男たちに取りかこまれ、

――工場主にお願いだと？　テメエ、さてはシュギシャだな。

――この若造が。工場主に直接口をきこうなど、百年早いわ。

そう言って突きとばされ、殴る蹴るの暴行を受けた。

意識が朦朧《もうろう》となるまでさんざん殴られたあと、よく覚えてはいないが、車のようなものに乗せられて、あの路地まで連れていかれた。

――馬鹿め、思い知ったか！

――身のほどをわきまえろ！

男たちは一人ずつ順に、口に含んだ酒を倒れたぼくに吹きかけて、笑いながら立ち去った。

「昔からついていないんです」

ぼくは自分の手もとに視線を落として、自嘲的につぶやいた。

「子供のころから要領が悪いというか、鈍《にぶ》いというか、友だちがしたいたずらをぼくのせいにされたり、いつのまにか一人だけ取り残されていたり……ここぞという場面で、いつもぼくだけが馬鹿を見るんです。東京に出てきてそれも変わるかなと思ったのですが……。ぼくはやっ

ぱりついてない」

鈍いぼくにも、あのときの不思議な光景が何だったのか、もうわかっていた。

工場の誰かが裏切ったのだ。

人相の悪い連中に告げ口をした人がいた。

——文句を言っても仕方がない。あの連中に殴られるだけだ。

工場で働くみんなに、そうふれてまわった者がいた。その事実を、ぼくだけが知らされていなかった。それだけの話だ……。

「ひとつ、たずねていいかな？」

穏やかな堺さんの声に、ぼくは顔をあげた。

「きみはさっきから自分の手をじっと眺めているけど、何か意味があるのかい？」

手を……眺めている？

言われて、はじめて気がついた。

ぼくは無意識に自分の手のひらを眺めていた。

「えーっと、たぶんこれは……たぶん石川啄木《いしかわたくぼく》の……」

堺さんに事情を話しながら、ぼくは頭の隅で石川啄木の短歌を思い浮かべていた。

ぼくが工場の休み時間によく読んでいたのは、大好きな石川啄木の歌集だった。『一握の砂』、『悲しき玩具』。啄木の歌はどれもぼくの心に染みた。心を慰めてくれた。なかでも最近愛唱していたのが、

はたらけど
はたらけど猶《なほ》わが生活《くらし》楽にならざり
ぢつと手を見る

の一首だ。

自分にかぎった話ではない。工場で働く織工さんや女工さんたちの肌荒れし、ひび割れ、血がにじむ手を目にするたびに、また故郷の田畑で働く農家の人たちの手を思い出すたびに、何度くり返しつぶやいたかわからない――。

といったことを、ぼくは堺さんにたずねられるまま、ぽつりぽつりと話した。

聞き終えると、堺さんは大きくうなずいて、

「それが社会主義だよ」

と力強く言った。

えっ？

ぼくは唖然として目をしばたたいた。

社会主義？　いったい何だってそんな物騒な話になるのか？

「あの……、ぼくはいま石川啄木の短歌について話をしていたのですが……？」

「うん、そうだね。石川啄木」

どうにも話が通じない。

困惑していると、堺さんはいたずらっぽい笑みを浮かべ、

「まあ、おいおいわかってくるさ」

とつぶやいて、ぼくの顔を覗き込むようにしてたずねた。

「で、きみはどうする？」

どうする、と言われても、困る。

「実は、売文社の営業項目に今度『人生相談、探偵調査』を加えようと思っていてね」

堺さんはからりとした口調で言った。

「〝こちら世の中の表も裏も、監獄のなかまで熟知した苦労人。世の不条理、また不可解な謎に煩悶《はんもん》ある人、心労ある人、不安心配の方、誰でもござれ。お悩み相談にあずかりましょう。あなたが抱える問題の糸を見事解きほぐし、事件を解決できればおなぐさみ〟――といった謳《うた》い文句を考えているのだが、どうだろう？」

どうだろう、とたずねられても、やっぱり困るばかりだ。何だかインチキ占い師の前口上みたいだ、と思っていると、

「きみが最初の依頼人にならないか？」

ときた。

開いた口がふさがらない、とはこのことだ。

ぼくが目を白黒させていると、見かねた一人が少し離れた場所から、

「堺さんの道楽なんだよ」

と、気の毒そうに声をかけてきた。

「堺さんは、ご覧のとおりねっからの客好き、話し好きでね。いい気になって朝から晩までお客相手にしゃべって、それでオヒネリでもせしめようっていうんだから、いくら何でもムシがよすぎる」

「ちぇっ。探偵調査も何も、オレたち社会主義者は自分が調査されている側じゃないか」

部屋の反対側で、別の人が忌ま忌ましげに舌打ちしてぼやく声が聞こえた。

「かれらが何を言おうが、気にする必要はない。かれらは、かれら。きみは、きみだ」

と堺さんは平気な顔だ。

「どうだい？　きみが抱える問題の解決を、ひとつ売文社に依頼してみないか」

「いや、でも……。依頼もなにも……第一、ぼくにはそんなお金……」

「ご覧のとおり、売文社は最近やけに繁盛していてね」堺さんはにやりと笑って言った。

「これまでの売文社のペンはパンを求むるのペン、要するに生活のためのペンだ。しかし、人はパンのみにて生くるにあらず。食っていければそれで幸せかといえば、決してそんなことはない。周囲に困っている人がいれば相談に乗り、問題解決のために自分の力を発揮できれば嬉しく思う。それが人情というものだ。そのために、人より上手く文を書くことができる自分の能力を使わない手はない。だから僕たちは二種類ペンをもつ。生活のためのペンと、人助けのためのペンだ」

堺さんはそこで思いついたように、丸めたこぶしを反対側の手のひらにぽんっと打ちつけた。

「そうだ、きみ。前の仕事をクビになったんなら、新しい仕事が見つかるまで、ひとまず売文社で働いてみてはどうかな？　ちょうど小使いの檜山さんが、家族の看病のために明日からしばらくお休みする予定で、そのあいだどうしようかと思っていたんだ。うん、それなら相談料は給料から天引きにするから……」

たちまち、周囲からブーブーと非難の声があがった。

「そりゃひどい！」

「あんまりだ」

「人身売買じゃないか」

堺さんは周囲の者たちの声なぞ聞こえないかのように、ぼくの目をまっすぐに見て、微笑しながらたずねた。

「どうするかは、きみが決めればいい」

その二

「いやはや、工場主の笹川《ささがわ》って野郎、とんでもない奴ですよ！　まさに労働者の生き血を吸う吸血鬼だ」

橋浦時雄《ときお》さんは売文社に戻ってくるなり、頭から湯気をあげんばかりの勢いで堺さんの机に直行した。

ぼくが慌ててお茶をいれて持っていくと、橋浦さんはぼくをきっとふり返って、

「きみ、あんな奴の工場でよく働いていたね。辞《や》めて正解だ」

と、きつく顔をしかめて言った。

ぼくは堺さんと橋浦さんの前にお茶を出して、無言で首をすくめた。

正解も何も、自分から辞めたわけではない。みんなを代表して話をするはずが、話をする前に外に連れ出され、殴られ、蹴られて、盛り場の狭い路地に捨てられただけだ。あれ以来元の職場には怖くて近づけないので確かめたわけではないが、解雇《クビ》になったのはまちがいあるまい。働く場所と住む場所をいっぺんに失ったぼくは、新しい職場が見つかるまで、ひとまず売文社の二階に置いてもらうことになった。

売文社の一階は、表通りに面した側が事務所で、奥の部屋を堺さん一家——堺さんと奥さんと娘さんの三人が住居として使っている。二階にはたいていいつも誰かが二、三人寝泊まりしていて、橋浦さんも〝二階組〟の一人だ。

実を言えば、ぼくは最初、堺さんの申し出を断った。相談料は給料から天引き云々《うんぬん》は冗談だったが——「人助けのペンにお金なぞ取るものか」——世の中の景気は悪くない。織工としての経験もある。新しい職場はすぐに見つかるだろうと思っていたのだ。ところが、売文社を出たその足で近くの織物工場に雇ってくれるよう頼みに行くと、「ああ、きみか」の一言で断られた。「うちではシュギシャは雇わない」と面と向かって言われて追い払われた。

どうやら、前の職場の工場主が〝ほかの織工を煽動《せんどう》して待遇に文句をつけるシュギシャだ〟という噂を、やくざ者たちを使ってひろめたらしい。

売文社にすごすごと引き返し、ちょうど居合わせた橋浦さんにその話をすると、

「きみも、これで立派な社会主義者だ」

と言って肩をたたかれた。

五年前。橋浦時雄さんは、早稲田大学文学部高等予科在学中、十九歳のときに、日記に、「天子の顔を竜顔《りゅうがん》というが、行列を眺めたら、なるほど竜の如《ごと》き顔付きなり」と書いたとして「不敬罪」で懲役五年の判決を受けた。裁判では弁護士が「人知れず保管された日記に違法性はない」と主張したが、判決は覆《くつがえ》らなかった。二年後、明治天皇崩御の大赦《たいしゃ》で出獄したものの、親には勘当され、行くところのない橋浦さんは、堺さんを頼って売文社の二階に転がり込んだ。そのまま売文社の一員となり、本籍まで売文社の住所に変更した。本人曰《いわ》く、

――以前はそうでもなかったが、おかげでいまでは立派な社会主義者になった。

そうだ。

かくてぼくは売文社二階組の一員となった。もっとも、大学の高等予科に通っていた橋浦さんとぼくとでは、まるで話がちがう。ぼくは依然として全然社会主義者ではなかったし、そもそも社会主義が何なのかさっぱりわかっていない。たぶん、これからもわからないんじゃないかと思う。

橋浦さんは現在二十四歳。売文社一味のなかでは若手に属し、一緒に住むことになったぼくを近所の安い一膳飯屋に連れていってくれたり、なにかと面倒をみてくれている。

堺さんは、ぼくが売文社に依頼した——というか、成り行き上依頼したことになった調査担当として橋浦さんを指名した。橋浦さんは最初、

「冗談じゃないですよ、探偵なんてイヌじゃないですか。僕はこれでもインテリですよ。そりゃ、大学は出てませんがね。その僕が極秘調査なんて！　いやだなー。まさか売文社で探偵のまねごとなんかやらされるとは思ってもいなかった」

などなど、さんざん文句を言っていたが、はじめてみると案外向いていたらしく——このあたり、堺さんの人を見る目は確かだ——鳥打ち帽を阿弥陀《あみだ》にかぶり、物陰に身を隠してこっそりメモをとっているところなど、すっかり探偵気分である。

その〝俄《にわ》か探偵〟橋浦さんが作成した調査報告書を一読して、堺さんは、フフン、と鼻を鳴らした。

「なるほどネ。最近流行《はや》りの戦争成金にして、不在工場主ってわけか……」

「そうなんですよ。問題はそこです。あの連中相手に道理を説いても仕方がない。といって、法律は武器にならない。やっかいですよね。どうします？」

「どうします、たってなア」

堺さんは椅子の背にもたれて、頭の後ろで手を組んだ。天井を見あげたまま、器用に首をひねる。

「さて、どうしたものか……」

あの、とぼくはお茶を運んできたお盆を胸にかかえて、二人にたずねた。

「戦争成金で、不在工場主というのは、どういう意味ですか？」

堺さんと橋浦さんは訝《いぶか》しげな顔でぼくをふり返った。が、調査はそもそもぼくが依頼した案件なのだ。依頼主であるぼくが途中経過をたずねて当然である――。

といった事情を思い出したらしく、堺さんは苦笑しながら頭をかき、「少し長い話になるがね」と先日のぼくの言葉をまねて前置きして、これまでの経緯を説明してくれた。


明治末期から、日本は慢性的な不況と財政危機に悩まされてきた。

原因ははっきりしている。

戦争にお金を使いすぎたせいだ。

明治御一新《ごいっしん》後、日本はわずか四十年という短い期間に隣国・清《シン》、さらにはロシアという二つの大国との戦争を経験した。

戦争といっても、当時の日本は開国したばかりだ。軍艦も武器も自前で作ることなど夢のまた夢だった。何しろ国内には技術も原材料もない。戦争に必要な軍艦、武器その他は欧州列強から買うしかなく、当然のように足もとを見られて思いきり高値で売りつけられた。交渉の余地はなく、向こうの言いなりのバカ高い値で買わされたそうだ。

問題は、明治政府がそのお金をいったいどこから手に入れたかだ。

日本には産業がない。米をはじめとする農産物は国内消費で手いっぱい。輸出品としては生糸くらいなものだ。高価な軍艦や武器を買うには、どうしたってお金が足りない。ないない尽くしの明治政府がどうやってお金を調達したかといえば、早い話が外国からの借金だった。

明治政府は身の丈《たけ》に余る大量の国債を発行した。要するに日本を担保にして莫大な戦費を外国から借り入れ、その金で彼らから軍艦や武器を買って、清国との戦争に踏み切ったというわけだ。負ければ一文なし。借金まみれだ。日本は開国早々〝餓狼《がろう》のごとき〟欧州列強の植民地になっていた可能性が高い。列強諸国もそれを期待して、日本に気前よく武器を売りつけた気配がある。

ところが、世界中の予想を裏切り、日本は東洋の大国・清との戦争に勝利した。国家予算の三年分以上に相当する二億両《テール》もの莫大な賠償金が手に入った。外国からの借金を返して余りある金額だ。さらに台湾《たいわん》、澎湖《ほうこ》島《とう》、遼東半島《りょうとう》の利権も手に入れて、国内は戦勝の浮かれ気分と未曾有《みぞう》の好景気にわきかえった。

——戦争は儲《もう》かる商売らしい。

という認識が世間にひろまったのはこの頃だ。となれば、

——もう一回、戦争をやろう。また儲かるはずだ。

と言い出す者たちが必ずあらわれる。

今度の敵はロシアだという。

一九〇四年（明治三十七年）二月、日本はロシアとの戦争を開始する。莫大な戦費はまたし

ても外国からの借金だ。

今度の戦争は、しかし、前回のようにはうまくいかなかった。極東での戦況は、日本がなんとか優位を保ったものの、借金の方がすでに限界だった。一方ロシア国内でも革命の気配が強くなり、厭戦気分がひろがった。

千載一遇のこのチャンスに、日本政府はアメリカに仲裁を依頼する。翌年九月にポーツマスで〝手打ち式〟が行われることになった。

が、これはあくまで〝手打ち式〟だ。

講和の条件にロシアから日本への賠償金はいっさい含まれていなかった。講和内容を知った日本の国民は激怒し、「屈辱的講和反対」「戦争継続」を求める者たちが政府高官邸や警察署、交番、キリスト教教会などを焼き打ちする事件が起きた。

日露戦争における日本兵の死傷者は二十万人を上まわる。その多くが凍傷や破傷風、脚気《かっけ》によるものだ。ところが、戦闘は主に大陸で行われたために日本国内では被害の実情が見えづらく、徴兵されて戦地に送られた兵隊たちだけが馬鹿を見た戦争だった。

日露戦争の結果、日本には莫大な借金が残った。戦後も引き続き増税につぐ増税が行われたが、とても追いつくものではない。日本は毎年、外国からの借金と利子の返済に追われる綱渡りの財政状態だ。国内産業育成どころの話ではない。世の中はあげて大不況。このまま貧乏生活がいつまでもつづくかと思われた。

ところが、ところが。

昨年、欧州で突如戦争が勃発。最初は局地的な小競り合いだったが、いつのまにか欧州全土を巻き込む大規模な戦争に発展した。

この戦争で戦場となった欧州は産業基盤が大きく損なわれた。戦闘で多くの土地が荒廃し、産業が破壊されただけではない。欧州各国では、戦争に必要な武器や新型大量破壊兵器の開発に力を注ぐあまり、食料品を含む生活必需品の生産が極端に減少した。

そんななか、海を隔てたアメリカと日本の産業界は欧州戦争の直接の被害をほとんど受けず、逆に戦争による物資の不足が空前の活況をもたらした。

欧州の戦争は今年に入っても依然として終わるようすもない。食料品、日用雑貨を含め、何でも作れば作っただけ飛ぶように売れる状況だ。

日本は輸入超過国から一転、輸出超過国になった。

〝大戦景気〟の結果、日本ではさまざまな〝戦争成金〟が生まれた。

ぼろ船一隻、紡績機械一台を元に得た利益でほかの産業を次々に買収、さらにそれを転売して莫大な利益を手にしたのが〝戦争成金〟や〝不在工場主〟と呼ばれる連中だ。

良い品物を作ることなど彼らの眼中にはない。よそで捨てられた古い機械を拾ってきて、労働時間を増やせば、目先の生産量は上がる。むろん、長い目で見れば製品の質は下がり、商品は売れなくなるのだが、彼らは「そのときはまた別の金儲けの手段を考えればいい」、「それこそが目《め》端《はし》のきく利口者のすることだ」と公言してはばからない。

「〝成金〟というのは、かつては人を蔑《さげす》んで言う言葉だったのだがね」

堺さんは苦笑して言った。

昨今の成金連中は、成金であることを何ら恥じることなく、むしろ自分が他人より目端がきくことを鼻にかけ、小ずるい手段で稼ぐことのできない貧乏人を馬鹿にしている。手にした金で社会を良くしよう、誰かを助けようとは少しも考えない……。

「欧州の大戦景気で、日本の財政状態はたしかに改善した。欧米諸国からの借金も返済し、さらに利益を上げている。簡単に言えば、日本は国家として金持ちになったということだ」

（日本は金持ちになった……のか？）

堺さんの説明に、ぼくは首をかしげた。

そのわりに、ぼくが知っている人は、誰も彼も貧乏だった。農家をやっているぼくの実家はもちろん、東京で働き出してから知り合った織工さんや女工さんたちも、みんな朝から晩まで一生懸命働きながら、食うや食わずや、毎日ギリギリの生活だ。

「そこだよ、問題は」

堺さんは眉を寄せた。

日本という国はたしかに金持ちになった。けれど、その利益は一部の権力者と企業資本家、たまたま成功した成金たちが独占して、実際に働いている者にはいっこうにまわってこない。

雀《すずめ》の涙ほどの給料の上昇は物価の上昇に追いつかず、ほとんどの働く者の生活はむしろ苦しくなった。逆に、大戦景気で労働時間が飛躍的に増え、一日十二時間から十六時間以上も働かされて、健康を害する人、過労で怪我をする人が急増しているありさまだ。

「〃はたらけど、はたらけど、猶わが生活楽《くらし》にならず〃」

堺さんは、天井に目を向けたまま啄木の短歌を口ずさんだ。

「一部の権力者と企業資本家、金持ち連中が結託して利益を独占するのではなく、実際に額《ひたい》に汗して働いている者が報われる世の中にしよう——というのが、われわれの社会主義だよ」

堺さんが急にそんなことを言うので、ぼくは胸がど<ruby>き</ruby>りとした。


「本来なら、この不平等な状況を正すのが政治と政治家の役割なんだ」

堺さんは説明をつづけた。

「自由競争社会では、放っておくと、どうしても富が一部の者に集中しがちになる。それを労働者や社会資本に還元するのが本来の政治や政治家の仕事だ。ところが、大戦景気で生まれた成金資本家、不在工場主、それに旧来の財閥が束になって政治家に働きかけて——要するに、賄賂《わいろ》を渡してということだが——目の前の不平等な状況を正す仕組み作りを阻《はば》んでいる」

堺さんによれば〃少年と女性の就業時間限度を十二時間とし、深夜労働を禁止する〃「工場法」なる法律が四年前にすでに制定されているという。

ぼくはとっさに、嘘だ、と思った。

ぼくが働いていた工場では、ぼくより年少の女工さんたちも大勢いたが、彼女たちは連続で十六時間以上働かされていた。深夜労働など当たり前のように行われていた。

あれがすべて法律違反だったというのか？

それなら、ぼくたちは視察に来た工場主に陳情などせず、お上《かみ》に直接訴え出ればよかったということだ。ぼくは殴られることもなく、仕事をクビになることもなかったはずだ……。

「ところが、この工場法というやつには色んな抜け道があってね」

堺さんは、呆然としているぼくを見て、気の毒そうに言った。

「まず、適用範囲は十五人以上を使用する工場にかぎられる。さらに、国会での議論の過程で〝製糸業では十四時間労働、紡績業では制限付きながら深夜業を認める〟という妙な条件がついた――業界から賄賂を受け取った国会議員の発案だ」

「それでも、一応、法律はあるんですよね？」

ぼくは必死の思いで食いさがった。ぼくがいた工場では十五人以上の女工さんが働いていたが、みんな十六時間以上働かされていた。法律があるなら、いくらなんでもあんな無茶苦茶な働き方はさせられないのではないか？

「最大の問題は、工場法がいまだ効力をもっていないことだ」

堺さんは苦い顔で言った。

「えっ？　でも、四年も前に決まった法律が、なんで……？」

「施行日時、つまり法律が有効となる時期が先送りにされた。〝現状を鑑《かんが》みて〟〝準備期間が必要〟。いろいろ言っているが、要するに工場法に反対する企業資本家や財閥から賄賂をもらった政治家が、彼らの不利にならないよう走りまわったというわけだ」

「〝業界の発展を妨げるのは国益に反する〟んだとさ」と橋浦さん。「〝国益のためには労働者の利益や健康は犠牲にしてもやむを得ない〟んだと」

橋浦さんが作成した報告書に、堺さんはふたたび目を落とした。

「今回の調査対象、戦争成金笹川某氏は〝欧州大戦がはじまる前は町の小金貸し。戦時好景気に乗じてあちこちに高利で金を貸しつけ、やくざを使って容赦なく取り立てをおこなった。そうして手に入れた金で、資金繰りに困っている工場を手当たり次第買収。同時に古い機械を安値で買い入れ、労働時間を増やすことで暴利を得た。最近は連日、赤坂《あかさか》の妾宅《しょうたく》に与党某有力政治家を招いて密談をしている〟と……。やれやれ、たしかに絵に描いたような成金資本家、労働者の待遇などはなから考える気のない、典型的な不在工場主だな」

「ひどいものですよ」橋浦さんはうんざりした顔で言った。「金貸しとやくざと政治家がつるんで悪事をたくらんでいるんですからね。裏でお互いの尻尾がからみあって、自分でも、もうどれが自分の尻尾なのかわからなくなっているんじゃないかな」

二人の話を聞いて、ぼくは情けない気分になった。

今回ぼくが売文社に依頼した——一応そういうことになっている調査には、そもそも謎は存在しない。ぼくは劣悪な労働条件改善を求めて工場主に陳情しようとしたが、問答無用で殴られ、蹴られ、勤務先をクビになった。おかげで、危うく死にかけた。

それだけだ。

もちろん、誰かが裏切り、密告したわけだが、誰が裏切ったか知ったところで何の役にも立

たないし、そんなことは知りたくもない。ぼくはただ、

――これから自分がどうしたらいいのか、少しはわかるかもしれない。

と藁《わら》にもすがる思いで調査に期待したのだ。ところが、結局は八方《はっぽう》塞がり、手に負《お》える状況ではないことが明らかになっただけだ。

こんなことなら調査など依頼しなければよかった。事情など知らない方がよかった……。

堺さんは、お盆をかかえて悄然《しょうぜん》とつっ立っているぼくにちらりと目を向け、腕組みをして何やら思案する顔であった。

急に何か思いついたようすで、ぱっと腕組みをといた。

「久しぶりに、あれどうかな？」

「あれって……」

首をひねった橋浦さんは、こちらも何か思い当たった顔になった。

「あれやるんですか。……いやだなあ」

「でも、今回はあれだろう」

「うーん。そう言えば、たしかにそうかもしれませんがね。いやー、どうかな……」

「やろう、やろう」

煮え切らない橋浦さんを尻目に、堺さんはすっかり乗り気のようすだ。

側《そば》で聞いているぼくには、何のことやらさっぱりわからない。

「添田君、ちょっと！」

堺さんは右手を高くあげ、玄関番の添田少年をさし招いた。

ぱたぱたと足音を立ててやってきた添田君に、堺さんは何やら耳打ちをした。

その三

よく晴れた冬空の下、ヘンテコな行列に道行く人たちが目を丸くしてふり返る。

先頭を行くのは堺さん。

「好日晴天」

と大書したのぼりを無造作に肩にかつぎ、陽気な鼻歌をうたいながら歩いている。

お隣は、堺さんの娘の真柄《まがら》さん。尋常小学校に通う十二歳の少女だ。本日は日曜なので学校はお休みらしい。赤い着物と、頭の上につけた大きなリボンがよく似合っている。

その後ろを、売文社特約社員の大杉さん、荒畑さん、以下、普段はあまり社で見ない人も参加して総勢二十名余り――堺さん言うところの〝売文社一味〟の人たちが、それぞれ適当におしゃべりをしながらぶらぶら歩いている。行列の最後尾をつとめるのが、ぼくと橋浦さんだ。

行列の中ほどに、売文社の面々とは一風変わった雰囲気の人が混じっていた。

すらりとした長身。白っぽい着流しの上に紫の羽織をまとい、左右にふり分けた長い髪を肩まで垂らしたようすは一見正体不明だが、口ひげを生やした色白の顔は、よく見ればなかなかの美男子だ。

売文社で顔を合わせたとき、誰かに似ているなと思って眺めていると、

「拙者、添田唖蟬坊《あぜんぼう》と申す、演歌師にてござります」

と飄々《ひょうひょう》とした諧謔《かいぎゃく》口調で自己紹介された。

演歌師というのは――最近はあまり見なくなったが――町角に立って自作の歌を披露し、芸を演じて、聞いた客が気に入れば歌本を買ってもらう商売のことだ。

「このたびは、そちら様のご依頼案件だそうで。どうぞよろしくお願い申し上げまする」

唖蟬坊さんは、ぼくに丁寧に頭をさげた。

「いえいえ、そんな……ぼくの案件だなんて……」ぼくは体の前で手をふり、慌てて、

「こちらこそよろしくお願いします」

と頭をさげた。そのあとで、思いついてたずねた。

「あの、添田さんというと……もしかして？」

ぱたぱたと足音がして、玄関番の添田少年が唖蟬坊さんの隣にあらわれた。

「倅《せがれ》でござります」

色白の整った顔立ち。なるほど、並ぶと一目瞭然だ。

「倅がいつもお世話になっております」

と言う父親を斜《はす》に見あげて、添田少年は、

「ちがうよ。ぼくがこの人のお世話をしているんだ」

と唇をとがらせた。

たしかに、そのとおりだ。売文社では、年下の添田君に教えてもらうことの方がはるかに多い。たとえば――。

すぐ前を歩いていた添田君がひょいとふり返り、背後を指さして、
「あの人が堺さんの担当で、その後ろの二人は大杉さん担当と、荒畑さん担当。……あれっ、今日は橋浦さんの担当が見えないな。お休みかな？」
と言いながら、きょろきょろと辺《あた》りを見まわしている。

〇〇さん担当、というのは監視の刑事のことだ。噂には聞いていたが、社会主義者が外出するさいは本当に刑事が必ず後ろをついてまわる。

売文社の人たちには一人ずつ、それぞれ担当の刑事が決まっていて、尾行される側でも顔を覚えているらしい。

添田少年は、ぼくの顔を斜《はす》に見あげて、
「きみもさ、かれらの顔くらい覚えておいた方がいいよ」
と言う。

いったい何の役に立つのか？

売文社の社風には、なかなか慣れることができない。

がやがやと埒《らち》もないおしゃべりをしながら行列は進み、やがて赤坂の外れまで歩いてきた。

道の両側には、周囲に黒塀をめぐらし、見越《みこ》しの松を覗かせた、典型的な妾宅が何軒もつづ

いている。

橋浦さんが最後尾から離れ、先頭を行く堺さんに近づいて耳打ちをした。

堺さんがのぼりを大きく振ったのを合図に、みなが足をとめた。

背後をふり返ると、尾行の刑事たちはいったい何がはじまるのかと怪訝《けげん》なようすで顔を見合わせている。

黒塀を背にして立った唖蟬坊さんを中心に、売文社の人たちが円陣を組んだ。

唖蟬坊さんは堺さんと目配せを交わし、やっとばかりに歌いだした。

わたしゃよっぽどあわてもの
ガマ口拾《ひろ》うて喜んで
家に帰ってよく見たら
馬車にひかれたヒキ蛙《がえる》
トコトットット、トコトットット

すぐ目の前で発せられた唖蟬坊さんの歌声に、ぼくは度肝《どぎも》を抜かれた。

ひょろりとした見かけからはとても想像もできない豊かな声量、澄んだ美しい声だ。しかも、単なる美声ではない。唖蟬坊さんの声には、聞く者が思わず耳を傾けずにはいられない何かが感じられた。

浮世がままになるならば
車夫や馬丁や工員に
洋服着せて馬車に乗せ
金貸し紳士に曳《ひ》かせたい

そこまでくると、唖蟬坊さんを取り巻く売文社の人たちが声を合わせて、

「トコトットット、トコトットットット！」

と合いの手を入れる。

歌の節《ふし》に、聞き覚えがあった。

少し前に大流行した「ラッパ節」だ。歌の途中で何度もくり返される「トコトットット」は
鉄道馬車のラッパの音を模《も》したものだという。

金貸し妾《めかけ》のかんざしに
ぴかぴか光るは何ですエ
ダイヤモンドか、ちがいます
まじめな工員の脂汗《あぶらあせ》……

「トコトットット！　トコトットットット！」

背後に、驚くほど大きな合いの手があがった。

ふり返ると、いつのまにか幾重《いくえ》にも人垣ができていた。

道行く人が足をとめ、あるいは周囲の家からも唖蝉坊さんの歌声に誘われた人たちが出てきて、辺りはすっかり黒山の人だかりだ。

その人たちが唖蝉坊さんの歌に合わせて、いっせいに、

「トコトットット！　トコトットットット！」

と合いの手を入れる。

ラッパ節が一段落すると、唖蝉坊さんは拍手が鳴りやむのを待って、

「あー、あー、あー、あー」

と色んな声の高さで調子を確認した。それから、一つ大きく息を吸い、

　貧乏でこそあれ、日本人はエライ
　それに第一辛抱《しんぼう》強い
　天井《テンジョ》知らずに物価はあがっても
　湯なり粥《カユ》なりすすって生きている
　ア、ノンキだね

人垣のなかからどっと歓声があがった。

今度は「ノンキ節」。これまた、少し前に一世を風靡《ふうび》した大流行歌だ。

「ア、ノンキだね！」

と、大きな声で合いの手があがる。

貧乏でこそあれ、とにかく結構だ
日本に金が殖《ふ》えたのは
そうだそうだ、まったくだ！
文無《もんな》しどもがロハ台でもりあがる
ア、ノンキだね
「ア、ノンキだね！」

豚小屋みたいな小屋に住み
選挙権さえ持たないくせに
日本の国民だと威張っている
ア、ノンキだね
「ア、ノンキだね！」

啞蟬坊さんのかたわらにちょんと控えていた添田少年が、人垣の前に歩み出た。

添田君が手にしている品を見て驚いた。

何と、バイオリンだ。

（啞蟬坊さんならともかく、鹿子斑の着物姿の年端《としは》もいかない子供がバイオリンを持って、いったい何をしようというのか？）

みなの注目が集まるなか、添田君はバイオリンを無造作に肩にかまえると、弓を使って、聞いたこともない軽快な音楽を奏《かな》ではじめた。

啞然としたのは、ぼくだけではあるまい。

集まった人の多くは、実物のバイオリンを目にすること自体はじめてだったはずだ。舶来の楽器のどこをどうすれば音が出るのか、ましてやどうやったらこんな軽快な音楽を流れるように奏でられるか、想像もつかない。

そもそも、これは何という曲なのか？

添田君はバイオリンを弾く手をとめ、観客にまっすぐに顔を向けると、高く澄んだ声で歌いはじめた。

ラメチャンタラ　ギッチョンチョンデ　パイノパイノパイ……

ぼくは一瞬眉を寄せ、あっ、と声をあげた。

売文社で最初に目覚めたあのとき、夢のなかで聞いていた歌だ。

てっきり夢だとばかり思っていたが、どうやら添田君の鼻歌だったらしい。

ラメチャンタラ　ギッチョンチョンデ　パイノパイノパイ！
パリコトパナナデ　フライ！　フライ！　フライ！

聞いている人たちのあいだで、ぷっ、とふきだす者が続出した。

添田君の歌に意味などない。ひたすら調子よく、デタラメな言葉を並べただけだ。さっきのバイオリンもデタラメに弾いていたのにちがいない——。

考えてみれば、それはそれで凄《すご》いことのはずなのだが、何とはなしに一気に親近感を覚え、やんややんや、の歓声と拍手がわき起こった。

添田君は体の前で右手を大きくくるりとまわし、もったいぶったようすで頭をさげる。顔をあげ、

「さて、みなさん。今日は特別大奉仕だ。普段はお買い上げいただく歌本が、今日だけなんと無料《タダ》だよ。世の中、タダより安いものはない。さあさあ、早い者勝ちだ」

澄んだ声でそう言うと、集まった人たちはみなわれがちに手を伸ばした。添田君が差し出す歌本を争うようにもっていく。

啞蟬坊さんがふたたび「あー、あー、あー」と声の調子を整え、

ああ、わからない、わからない
義理も人情もわからない
欲に眼《まなこ》がくらんだか　どいつもこいつもわからない
なんぼお金の世じゃとても　赤の他人はいうもさら
親類縁者の間でも　金とひとこと聞くときは……

と、次の曲「わからない節」を歌いはじめたそのとき、突然、背後の屋敷の木戸が開いて、なかから人相の悪い連中がばらばらと駆けだしてきた。

「オラオラ、いつまでやっているんだ！」

「今日はお客さまがいらしているんだ。うるさいんだよ」

「やめろ、やめろ！」

「旦那さんに当てつけのつもりか！」

と怒鳴《どな》りちらし、集まった人たちを一気に蹴散らす勢いだ。

彼らの声に聞き覚えがあった。

あいつらだ。

いいつ、い、

――馬鹿め、思い知ったか！

――身のほどをわきまえろ！

ぼくをさんざん殴りつけ、路地に打ち捨てていった連中にちがいない。堺さんの推理では〝暴力沙汰に慣れたやくざ者たち〟だ。

歌を途中で邪魔された唖蟬坊さんは、二本の指でちょいと自分のあご先をつまんでいたが、ニッと笑うと、

　熊鷹眼《くまたかまなこ》をむき出して
　喧嘩口論訴訟沙汰　これが開化か文明か

と声を張りあげ、いっそう高らかに歌いあげた。

人相の悪い連中は一瞬虚をつかれたように、ぽかんとした顔になった。すぐにわれに返り、

「この野郎……」

と顔を真っ赤にして唖蟬坊さんに詰め寄った。

その足下に、堺さんが「好日晴天」ののぼりをタイミングよく投げ出した。のぼりに足をとられ、たちまち何人かが地面に転がった。地面にまともに顔を打ちつけた者もいる。

そのすきに、唖蟬坊さんはさっさとその場を逃げ出した。

逃げ出したのは、唖蟬坊さんだけではない。売文社の関係者は全員、

「助けてー！」

「殺されるー！」

「人殺しー！」

などと大袈裟《おおげさ》に叫びながら、辺りを駆けまわっている。

となれば、集まっていた関係のない人たちも「きゃあ！」「助けて！」と悲鳴をあげながら、クモの子を散らすようにいっせいに逃げ出した。

この騒ぎに、少し離れた場所でようすを窺《うかが》っていた尾行の刑事たちが、何ごとかと近づいてくる。

頃合いを見て、添田君が近くにいた人相の悪いやくざ者の臑《すね》を思いきり蹴りつけた。

「痛っ！　この野郎！」

血相を変え、足をひきずりながら追いかけてくる相手から、添田君は捕まりそうで捕まらない絶妙の間合いで逃げまわり、あわやというところでひょいと身をかわすと、そのまま刑事たちのあいだを一気に走り抜けた。

「くそっ、邪魔だ。そこをどきやがれ！」

やくざ者たちは、相手が私服の刑事だとは思わない。乱暴に突きのけようとして逆に腕を決められ、その場に取り押さえられた。これに気づいたほかの連中が加勢にかけつけ、お互いの素性もわからぬまま大乱闘となった。

そのまわりで売文社の関係者が「助けてー！」「殺されるー！」などと大袈裟に悲鳴をあげながら走りまわっている――のだが、もはや全然真実味が感じられない。

なるほどこれは一味だ。

混乱のなか、ぼくは妙に納得した。

売文社一味の幾人かはさらに、やくざ者たちが出てきた木戸から屋敷のなかに入り込み、

「助けてー!」「殺されるー!」と声をあげている。

黒い板塀の隙間から覗くと、呆然とする屋敷の者たちを尻目に、何やら紙の束をまき散らしているようすだ。彼らの担当の刑事があとを追って屋敷のなかに入り込み、取り押さえようとしたが、そのときにはもう表の玄関から逃げ出したあとだった。

ぼくたちは計画どおり、その場を逃げ出した。

現場がいくら揉めていようが、逃げ出すだけならさして難しい話ではない。

背後をふり返り、追っ手がいないことを確認して、ぼくたちはみなで顔を見合わせて大笑いをした。

その四

「ここに出ている」

「へえ、こっちもだ」

数日後。ぼくたちは売文社に集まり、町中《まちなか》で買い集めてきた新聞や雑誌をひろげて、自分たちの〝任務〟の成果を確認した。

東京で出ているほとんどすべての新聞や雑誌が、元金貸しの成金資本家笹川某《なにがし》と与党大物政治家某の金銭癒着の醜聞を面白おかしく書きたてていた。それぞれ濃淡はあるものの、〝与党大物政治家某が、成金資本家笹川某が所有する赤坂の妾宅において「深刻なる接待」(これが如何《いか》なるものであるかは読者諸氏の想像にお任せする)を受けているところに、突然刑事数名が踏み込み、大騒ぎになった。

与党大物政治家某はただちに警察に苦情を申し入れた。が、この苦情はすぐに取り下げられる。

当屋敷敷地内には、成金資本家笹川某から与党大物政治家某に渡された「賄賂」「まいない」「袖《そで》の下」その他深刻なる接待を告発する数種類の怪文書が大量にばらまかれていたのだ。さらに、近所の人たち、またその日たまたま近くを通りかかった者たちも同様の内容の怪文書を手にしていた。

調べてみると、数種類の怪文書に書かれていた内容はいずれも逐一真実であった。出てくるわ出てくるわ。成金資本家笹川某の屋敷において、贈収賄その他、とてもここには書けない内容の接待が行われていた証拠が芋《いも》づる式に見つかったのである。

成金資本家笹川某は与党大物政治家某を利用して、欧州大戦で高騰する鉄鉱石や石炭の輸入に税金を投ぜしめ、できた鉄を武器に加工して売りさばく「政府御用商人」となることを目論《もくろ》んでいたらしい。

与党大物政治家某からトカゲの尻尾のように切り捨てられた笹川某の破産は避けられまい。

一方、与党大物政治家某がこの件から逃げ切れるかどうかは、この先の見物《みもの》である。〟といった内容だ。

記事中の〝数種類の怪文書〟なるものは、言うまでもなく、いずれも売文社が作成し、あの場所にばらまいてきたものだ。同じものが無料で配布した歌本にも挟んであって、あの日集まった人たちが奪い合うように持っていった。それを〝全部なかったことにする〟のは、与党大物政治家某といえども、さすがに難しかったのだろう。

笹川某と与党大物政治家某の金銭癒着その他深刻なる接待の事実、政治家が赤坂の笹川某所有の妾宅を訪れる日程、屋敷の見取り図、逃げ道確保のための近隣の地図などの調査は橋浦さんが行い、全体の計画は堺さんがまとめあげた。数種類の怪文書は、売文社一味が手分けして書いたものだ。みんな、文句を言っていたわりには、結構楽しんで書いている。さすが文を売り物にしている人たちだけあって、どれも笑いながらついつい読んでしまう内容だ——。

演歌師の唖蟬坊さんを引っ張り出したのは、売文社と関係のない人をあの場にたくさん集める必要があったからだ。一方で、数年前に奥さんを亡くして以来、下谷《したや》山伏《やまぶし》町の貧民窟に逼塞《ひっそく》している唖蟬坊さんに何とか元気を出してもらいたい、という堺さんの気配りでもあったようだ。

堺さんと唖蟬坊さんは十年来の旧知の仲だという。添田君を売文社で預かっているのも、そのつながりだ。世の中で社会主義者は悪魔のように言われているが、堺さんの交友関係には色んな人がいて、堺さん自身、どうにもとらえどころのない正体不明な感じである。

ぼくは新聞や雑誌をにぎやかに論評している売文社一味の人たちからそっと離れ、「売文社」の額に添えられた「パンとペン」のヘンテコな絵を見あげた。

食パンとペンのぶっちがい。

〝ペンとパンの交叉《こうさ》は即ち私共《わたしども》が生活の象徴であります。〟

と文章が添えられている……。

背後から、ぽんっと肩を叩かれた。

ふり返ると、堺さんだった。

「新しい職場は見つかったかい?」

堺さんの質問に、ぼくは無言で首を横にふった。

その後何軒か織物工場をまわったものの、いずれも「ああ、きみか」の一言で断られた。どうやらみんな、前の職場の工場主がひろめた噂を本気にしているらしい。

売文社の人たちのおかげで、あんなに偉そうにしていた成金工場主笹川某をとっちめることができたのは痛快だった。けれど、それで良からぬ噂が消えるわけではない。一度バツがついた者を、どこの工場でも雇ってくれようとはしない――。

ぼくが暗い顔でうつむいていると、

「誰にでも『冬の時代』というものがあってね」

と、堺さんが自分の頭をぐるりとなでて言った。

「何をやってもうまくいかないときがある。〝なんてついてないんだろう〟。そう思って自分の手を眺めるしかないときもある」

堺さん自身、そんな思いをしたことがあるということだ。

「そんなとき、堺さんはどうするのですか?」

ぼくの問いに、堺さんは「そうさなァ」とつぶやいて、首をかしげた。

「しばらくは猫をかぶってやりすごす——というのも一つの手だ」

猫をかぶってやりすごす……。

ぼくは唇をかんだ。それじゃ、何の解決にもならない。

肩透かしをくらったような気がして黙っていると、

「『冬の時代』は、いつかは過ぎ去るものさ」と堺さんはからりとした明るい口調で言った。

「行くところがないのなら、新しい職場が見つかるまでここにいるといい」

「えっ、でも……。いいんですか?」

明日、家族の看病でお休みをしていた小使いの檜山さんが戻ってくる。

売文社では、ぼくはもう要《い》らなくなるはずだ。

「この社会に要らない者なんていないよ」

堺さんはそう言ってくすりと笑い、売文社の額に添えられたヘンテコな絵をぼくに指し示した。

「〝困ったときはお互い様〟。それが、われらが売文社の〝パンとペン〟の精神だ」

＊

こうしてぼくは、売文社の二階で引きつづきやっかいになることになった。

おかげで思いもしなかった変わった人たちと出会い、目がまわるような波瀾万丈《はらんばんじょう》の日々を送ることになるのだが――。

それはまた、別の話である。

第二話

へちまの花は皮となるか実となるか

その一

「だ、だ、だから社会主義はダメなんだ！」

すぐ背後から聞こえた大声に、ぼくは危うくその場に飛びあがるところであった。

ふり返ると、声の主《ぬし》は売文社特約社員の一人、大杉栄《おおすぎさかえ》さんだ。

「僕の主張の、いったいどこがダメなんだ？」

と、大杉さんにまっこうから反論したのは、やはり売文社特約社員――堺さんに言わせると〝売文社一味〟の一人、荒畑寒村《あらはたかんそん》さんだ。

「官憲による弾圧が厳しいこの冬の時代だからこそ、僕たちはいっそうの連帯や協調を模索しなければならない――。その主張のどこがまちがっている？」

「き、きみたちは、そ、そうして、すぐに連帯だ、協調だと言うが、その前に、こ、個々人の絶対的自由はどうした？　じ、自由でない者の連帯や協調など、所詮は集団への強制じゃないか。そんな社会変革は、こ、国家権力者の顔ぶれをすげ替えるだけだ！」

大杉さんはそこで言葉を切り、傲然《ごうぜん》とあごをあげると、

「ぼ、僕は、しゃ、しゃ、社会主義なんて、大きらいだ！」

そう言って、〝猫の目〟と揶揄《やゆ》される大きな目で見得《みえ》を切った。

……なんだか最近、よく見る光景だ。

周囲を窺《うかが》うと、何ごとかと仕事の手をとめた売文社の人たちのその後の反応はおおむね二通り。

またか、といった顔でやりかけの仕事に戻る人が半分。

残りの半分の人は面白がって、議論のつづきを聞こうと、ぞろぞろと集まってきた。

売文社は〝依頼があれば何でも書く〟会社である。論文や手紙の代書添削、広告文案、小説随筆、趣意書意見書の代筆。演説講演の速記、写字、タイプライター。日本語だけでなく、外国語の翻訳も引き受ける。いずれにしても、尋常小学校を出ただけのぼくには思いもよらない仕事だ。最初は「小使いの檜山さんが留守のあいだの代わり」ということで置いてもらったのだが、売文社の人たちのモットーは「自分のことは自分でやる」。資料集めや調べ物はむろん、お茶やコーヒーもみな自分でいれて、勝手にがぶがぶ飲んでいる。

さらに、休みから戻った〝小使い〟の檜山さんが、机について写字やタイプライターの仕事をしているのには驚いた。聞けば檜山さんは、元は看守だったのだが、囚人として入獄した堺さんが毎日辞書を横に洋書を読んでいる立派な態度にうたれて、社会主義者になったそうだ。

一口に小使いといっても色んな人がいる。写字やタイプライターも、ぼくにはとうていできそうにない。

結局、何もできないぼくの売文社での立場は〝居候《いそうろう》〟ということになる。

〝居候、三杯目にはそっと出し〟

何かしなくちゃと思い、思いついたのが、売文社宛に届いた郵便物を各担当者へ仕分ける作業だ。売文社では依頼主の指名がないかぎり、各人が勝手に選んで仕事をしている。が、仕事によって得手不得手があり、そのあたりを見極めて担当に配ってはどうか、と提案したところ、堺さんはニコリと笑って「まあ、やってごらん」と言ってくれた。

自分から申し出た仕分け作業のまっさいちゅうだ。サボるわけにはいかず、横目でちらちら成り行きを見守りながら仕事（？）をつづけることにする。

議論の一方の大杉さんは、長身、白皙《はくせき》。西洋人のような彫りの深い、整った目鼻立ちの、売文社のなかでもひときわ目立つ存在である。いつもハイカラな洒落《しゃれ》た洋服をぱりっと着こなし、ネクタイの色の好みなども渋く凝《こ》ったものが多い。鼻の下にカイゼル風の髭をたくわえ、紙巻き煙草を斜《はす》にくわえて書き物をしている姿は、どこの御曹司《おんぞうし》かと見まがうばかりだ。堺さんと一緒に路地裏で倒れていたぼくを売文社に運んでくれた命の恩人の一人でもある。

もっとも、先に言っておけば、大杉さんはおおむね変人揃《ぞろ》いの売文社社員のなかでも飛び切りの、すこぶるつきの変人である。そもそも売文社社内で「社会主義なんて大きらいだ！」などと大声で怒鳴ることができるのは、大杉さんくらいなものだろう。

きらいも何も、売文社は日本中どこに行っても白眼視され、仕事をクビになり、新しい職は得られず、食っていくことさえできなくなった社会主義者の〝受け皿〟として、堺利彦さんが五年前に設立した会社だ。

当然のことながら、社員や関係者には社会主義者、もしくは社会主義に同調する人たちが多い。その売文社社内で「社会主義なんて大きらいだ！」と声をあげる人を見て驚くなという方がどうかしている——と、ぼくなどはついつい思ってしまうのだが、売文社の人たちは、ああ、またか、といった感じで驚く気配もない。

聞けば、大杉さんは社会主義者ではなく、無政府主義者、無国家主義者なのだという。

と言われても、売文社に来てまだ日の浅いぼくには、社会主義がどんなものなのかよくわかっていない。さらに無政府主義、無国家主義となると——もはやお手上げ状態だ。

ところが大杉さんは、その無政府主義についても「時々いやになる」とぼやいている。大杉さんによれば、

「たとえ無政府主義社会が到来しても、なお反逆者でありつづけるのが本物の無政府主義者だ」

ということだが、ここまで来るともはや何のことやらさっぱりわからない。

売文社に来てぼくが一番驚いたのが、大杉さんの語学の才能だった。

大杉さんは、フランス語のほか、英語にドイツ語、イタリア語、ロシア語、スペイン語、さらにはエスペラント語までできる。大杉さんにとって外国語ができるというのは、読んで、書いて、人前で大演説ができるということだ。

二十一歳でデモに参加して逮捕されて初入獄して以来、大杉さんは「一犯一語《いっぱんいちご》」をモットー

にしてきた。

一犯一語。

監獄に入るときは新たな外国語の文法書と辞書を携帯し、獄中にいるあいだに勉強して、出てくるときには毎回新しい言語を習得している、という意味だそうだ。

「三か月で初歩を終え、半年あれば辞書なしでいいかげん本が読める。外国《むこう》の連中とも議論できる」

と、本人が特に自慢するでもなく話しているのを耳にしたことがある。

大杉さんは初入獄から九年のあいだに合計三年余りの監獄生活を送り、七つの言語を習得した。

何というか、凄まじい経歴である。

ところが、このところ大杉さんが売文社に顔を出すたび、必ずなんだかんだと派手な議論になっている。

否、議論と言えるかどうか？

いつも途中から大杉さんが一人勝手に脱線暴走して、大杉さんの独壇場となる。

大杉さんはいまもまた、

「ち、ちがう！　そんなことはどうでもいい！　問題は、か、か、か、火事場泥棒だ！」

そう言うなり机の上に飛びあがり、大きく手をふって演説をはじめた。

荒畑さんは諦めたように首をふり、苦虫をかみつぶしたような顔だ。

「見たまえ諸君、日本政府のやり口を！　いくらなんでも、ひ、卑怯《ひきよう》だとは思わないか！　政府の連中が馬鹿なのは知っていたが、こ、今度の件で、や、奴らは馬鹿なだけでなく、ひ、卑怯者であったことを暴露したのだ！」

大杉さんは顔を真っ赤にして、口角泡をとばす勢いで大演説をぶちあげる。

以前、堺さんはぼくに、

——マルクスの友人エンゲルスは二十か国語でドモったというが、わが売文社の大杉君も六、七か国語でドモることができる。

と妙に自慢げな口調で教えてくれたが、七つの言語を自在にあやつる〝語学の天才〟大杉さんにはドモるくせがある。不思議なことに、あるいは全然不思議でないのかもしれないが、日本語で演説するときが一番ドモる。内面からあふれ出す言葉に口がついていかないといった感じで、これがまた実にカッコいいのだ。演説内容は理路整然。少しドモる話し方は、むしろ聞く者を引き込む効果がある。そのせいか大杉さんの周囲には信奉者のごとき若い人が常に何人かいて、彼らのあいだで〝大杉さん風の話し方〟が流行しているほどだ。

「日本政府の今度のやり口は卑怯だ！　武士道に反する！　は、恥を知るがいい！　せ、切腹ものだ！」

机の上で仁王立ちとなった大杉さんは、丸めた新聞を頭の上でふりまわす。

普段以上に盛大にドモっているのは、よほど腹が立っている証拠だろう。「火事場泥棒」や「卑怯者」といった表現は、大杉さんがきらいな相手にぶつける最大級の罵倒言葉だ。逆にもし誰かから卑怯者呼ばわりされたら、大杉さんはその場で〝決闘〟を申し込むにちがいない。

その「卑怯」「卑怯者」「恥を知れ」「火事場泥棒」の連呼である。

（大杉さんは、いったい何にそんなに腹を立てているのだろう？）

郵便物を担当者に配りながら聞いていたぼくの耳に、つづけて飛び込んできたのは、

「日本の政府は、火事場泥棒的な対華《たいか》二十一カ条を撤回せよ！」

の一言《いちごん》であった。


昨年七月。

サラエボで起きた一事件をきっかけに、欧州で戦争が勃発した。

小規模な紛争は、その後よくわからない理由から欧州諸国が二陣営に分かれた前代未聞の大戦争に発展し、開戦から半年以上経ったいまも終結する兆《きざ》しは見えない。外報が伝える欧州情勢は、まったく悲惨なありさまだ。

ところが日本の政治家のなかには、

――欧州戦争は大正新時代の天佑《てんゆう》なり。この天佑を享受せざるべからず。

そう言って欧州の戦争を歓迎する者がいる。

彼らは欧州戦争のどさくさで儲けただけでは飽き足らず、中国の青島《チンタオ》と南洋諸島に日本の軍隊を進める挙に出た。

「日本は現在、英国と同盟関係にある。英国はドイツと戦争中である。青島と南洋諸島にいる

ドイツ軍を攻撃するのは、英国との同盟国、日本の義務である」

という理由だそうだが、英国から大陸への派兵要請があったわけではない。日本が勝手にギムギムと言っているだけだ。

欧州戦争で手いっぱいのドイツ軍に対し、日本軍は青島と南洋諸島を悠々と占領した。

これだけでも大杉さんが「武士道に反する！」「正々堂々勝負しろ！」と怒り狂うのに充分な話だ。が、この件にはさらにつづきがある。

年が明けて、今年一月。

先の見えない戦争をつづける欧州諸国を尻目に、日本は中国袁世凱《えんせいがい》政権に「二十一カ条の要求」を最後通牒として突きつけた。

一、山東省にドイツがもつ権益を日本に譲渡せよ。
一、日本に旅順、大連の租借権を認めよ。
一、南満州と東部内蒙古の鉱山の権益を日本に引き渡せ。
一、中国は、政治、財政、軍事顧問として日本人を雇用せよ。

といった感じで、何というか、〝かなり厚かましい〟内容だ。

中国国内では当然たちまち大反発がわき起こったが、欧州諸国の反応は何ともはっきりしないものだった。

欧州の戦線には、それまで誰も見たことがない毒ガス兵器や戦車《タンク》、機関銃、潜水艦といった新型兵器が次々に投入され、人類が経験したことのない未知の戦争が行われていた。

欧州諸国は自分たちのことで手いっぱい、遠いアジアの揉め事に介入する余裕がない。

日本政府はこの機を逃してなるものかと、中国に強硬な態度で条約調印を迫っている――。

これでは火事場泥棒だ。

卑怯である。

要求があるならば、欧州戦争終結後に正々堂々と世界に訴えよ。

といったことを、机の上に仁王立ちになった大杉さんは、盛大にドモりつつ、理路整然と語ってみせた。

もっとも、大杉さんが頭の上でふりまわしている日本の新聞はどれも、日本政府に対してむしろ「どんどん行け」と後押しする論調だ。「些《いささ》かも妥協の必要なし」「もっと厳しくやらなければだめだ」と無責任に政府の尻を叩く記事ばかりで、大杉さんにはそこがまた気に食わないらしい。

ちなみに「卑怯」「卑怯者」「火事場泥棒」のほかにも、大杉さんがきらいな言葉には次のようなものがある。

長いモノには巻かれろ
寄らば大樹の陰
弱い者いじめ

分別をもて
やる前からわかっている
どうせ無駄
仕方がない
奴隷根性
……

そんな言葉を、誰かがうっかり大杉さんの前で口にしようものなら、たちまち完膚《かんぷ》無きまでにやっつけられる。粉々にされ、吹き払われる。それはもう見事なほどだ。

反対に、大杉さんが好きな言葉は、

「自由」「絶対的自由」「叛逆《はんぎゃく》」「解放」「飛翔」「生の創造」「個の自立」「突破」「美はただ乱調にあり」……

といった感じで、もうおわかりだと思うが、大杉さんの話を近くで聞いていると、時々お酒に酔ったようにくらくらする。先日も、夕暮れの売文社社内で大杉さんが斜《はす》にくわえた煙草の火を灰皿でもみ消して、

「僕は精神が好きだ」

と、ポツリとつぶやくのを耳にしたとき、事務所の掃除をしていたぼくは、なんだかよくわからないが背筋がぞくりとしたものだ。

大杉さんはこの世の如何《いか》なる権威も認めない。

たとえば、売文社の社内で社長の堺利彦さんを「堺君《さかいくん》」と呼ぶのは大杉さんだけだ。堺さんの方が十五歳も年上。社会主義者としても大先輩にもかかわらず、大杉さんはあくまで人間として対等であろうとする。

大杉さんはいつも、堺さんのやり方を遠慮会釈なく、歯にきぬ着せぬ言葉で批判する。側で聞いている方はひやひやするが、堺さんは怒らない。だいたいはニコニコと笑い、ときどき苦笑しながら、大杉さんの批判を受け止めている。逆に、玄関番の添田少年や新参者のこのぼくが「大杉君《おおすぎくん》」と呼んだとしても、大杉さんはたぶん怒らない。怒らないと思う。怖くて、まだ試したことはないが。

堺さんと大杉さんの付き合いはもう十二年以上になるという。例の「大《おお》いに逆《さか》さまの事件」のときも、二人とも別件で監獄にほうり込まれていたおかげで不在証明《アリバイ》が成立し、絞首刑にならずに済んだという仲（？）だ。

十二人の仲間が処刑された「大いに逆さまの事件」のあと、大杉さんが詠んだ句がある。

春三月　縊《くび》り残され花に舞ふ

最初に聞いたとき、ぼくは正直、うへっ、と思った。

カッコいい。

カッコいいのは猛烈にカッコいいのだが、いささかカッコよすぎて、

(この人は本当に大丈夫なのか?)

と心配になってくる。

ぼくは郵便物をだいたい配り終え、手もとに残った最後の手紙の封を切って内容を確認した。

便箋に数字とアルファベットが並んでいる。

外国語の翻訳依頼だ。

売文社では「英語、ドイツ語、フランス語、その他一切の外国語文章を翻訳します」と広告しているので、ときどき聞いたこともない外国語の翻訳依頼が持ち込まれることがある。最初は見ただけではどこの言葉かさっぱりわからなかったが、毎日仕分けしているうちに、不思議なもので、字面《じづら》の雰囲気でなんとなくわかるようになってきた。

(今回のは……たぶん……エスペラント語)

ぼくはそう見当をつけて、演説をつづける大杉さんの机の上の未決箱に便箋を入れた。

人によって翻訳できる言語が異なるが、売文社でエスペラント語ができるのは大杉さんと、あとは堺さんくらいなものだ。

登録に必要な事務手続きをしようと思い、封筒を裏がえすと、差出人の名前も住所も書いていなかった。

(おかしいな?　封筒にまだ依頼状が残っていたのかしらん?)

と封筒の中を覗きこんだとたん、頭の上から大声がふってきた。

「バカか、きみは!　これは僕の担当じゃない!」

首をすくめて見あげると、大杉さんが届けたばかりの便箋を手に取り、ひらひらとふっていた。

「えっ？　これはエスペラント語じゃないんですか？　ぼくはまたてっきり……」

「これがエスペラント語なら、ミミズがロシア文学だ！」

……意味がわからない。

「ちなみに、英語でも、ドイツ語でも、ロシア語でも、イタリア語でもないぞ！　フランス語でもない！」

力いっぱい断言する大杉さんに、ぼくは困惑してたずねた。

「それじゃ、これはいったい何語なんです？　誰にまわせばいいのですか？」

「そんなこともわからないのか？　だからきみはやくざ者にからまれるのだ」

と、少々古い話を脈絡なく持ちだした大杉さんは、どこからどう見てもアンゴーじゃないかと言う。

エイゴやドイツゴならわかるが、アンゴーとはいったい……？

首をかしげたぼくに、大杉さんは、

「これは外国語じゃない、ひねくれ者の言葉だ。堺君の担当だよ」

と言って便箋をほうり投げた。

その二

「なるほど、暗号《あんごう》のようだね」

堺さんは目を細め、両手をこすり合わせて嬉しそうにつぶやいた。

机の上に置いた便箋には、数字とアルファベットがきちんと印刷されたように並んでいる。

26/37/75/123/OSHIWAYARIKAOIWASHIRIYUOGIWABARINZAOIWAMIRINAONO
WAKERINKOOUWAWORIOIWANORIRUOIWACHIRIYOUORAWAIRIFUOKUWAN
ORITOOKIWAWORIMAOTSUWATRIK

「なんて読むのでしょう？」

「最初は数字の二十六、スラッシュ、三十七、スラッシュ、七十五、スラッシュ、百二十三、スラッシュ、それからアルファベットでオー、エス、エイチ、アイ、ダブリュー、エー……」

と堺さんが順番に読みあげてくれたが、なんのことやらさっぱりわからない。

数えてみたところ、数字と記号、アルファベットを全部あわせて百四十二字。アルファベットだけなら百二十九文字だ。

「さらに、依頼主が誰なのかもわからない——そういうことだね？」

堺さんの質問に、ぼくは無言でうなずいた。

売文社に届いた封筒や同封の依頼状には、名前も住所も書いていなかった。誰が送ってきたのかわからないということだ。

「謎の暗号に、謎の依頼人かぁ。定規を当てて書いたような数字やアルファベットからは筆跡の特徴もたどれない。なかなか面白くなってきたね」

呆れたことに、堺さんは本気で面白がっている。

堺さんの〝謎好き〟〝謎解き好き〟を売文社で知らない者はない。

なにしろ堺さん自身がつねづね「文学者たるもの、すべからく謎好き、謎解き好きであるべし」と公言しているくらいだ。ひまさえあれば、

「小倉百人一首には初霜《はつしも》を花に見立《みた》てたり、『むべ山風《やまかぜ》を嵐といふらむ』という暗号歌もある。山に風で嵐。典型的な謎かけ歌だ。謎解きを楽しむのが、古来、文学者のたしなみだというわけだよ」

と、誰彼かまわずつかまえ、そんな話をしては一人で悦《えつ》に入っている。

堺さんの筆名は「貝塚渋六《かいづかしぶろく》」という。堺さん曰《いわ》く「これも一種の暗号」なのだそうだ。

売文社を設立するにあたって、堺さんはそれまで使っていた「枯川《こせん》」の号を廃し、心機一転、貝塚渋六の筆名を新しく使いはじめた。何かのおりにうっかり由来をたずねたところ、堺さんは、よくぞ聞いてくれた、とばかり、

「売文社のアイデアを思いついたのは、当時僕が入れられていた千葉県貝塚にある監獄の中で

ね。そこで毎日出てくる飯が南京米《なんきんまい》四、麦六の割合だった。いや、あれには参ったよ。たいていの食い物はありがたく頂戴する僕も、さすがに最初は不味《まず》くて食えなかった。それを記念して貝塚渋六を筆名としたわけだ。まア、一種の暗号だね。アッハッハッハ」

と、おかしそうに腹を抱えて笑っている。

なにがおかしいのか？

ぼくは呆気にとられて目をしばたたいた。

自分が入れられていた監獄の地名に、南京米四、麦六の割合の食えたものではない飯を記念して「貝塚渋六（四六）」の筆名とする？

そんなものが記念になるのか？

賭けてもいいが、ぼくが堺さんの立場なら、一刻も早く忘れようとはしても、「そうだ、あれを記念して筆名にしよう」などとは絶対に考えないはずだ。

ところが堺さんによれば、筆名雅号というのはたいていそんなものだという。

「夏目漱石という小説家がいるだろう？　彼の筆名も〝石に漱《くちす》ぎ、流れに枕す〟の故事からとったもので、屁理屈野郎、頑固者を意味する、まァ一種の暗号だね」

そんな話をしているときの堺さんは、実に楽しそうだ。

この堺さんが、こんにち日本中で世間を騒がす大悪党のように言われている社会主義者の親玉だというのだから、世の中わからない。

堺さんが大悪党か、否か？

その問題はひとまず脇に置こう。

ぼくが知るかぎり、売文社に暗号の依頼が来たのは今回がはじめてだ。担当というなら、謎好き、謎解き好きの堺さんでまちがいない。

堺さんは数字と記号、アルファベットが並んだ便箋を手に取り、首をかしげていたが、ひょいと顔をあげ、向かいの席に座ったぼくにたずねた。

「それで、同封の依頼状にはなんて書いてあったんだい？」

ぼくは同封されていた一筆箋を取り出し、机の上に置いた。


——これは終わりのない物語。訳文をへちまの花に載《の》せて下さい。


日本語で縦書きに一行。こちらも定規を当てて書いたような四角い字だ。文字は人なり、と言うが、この字から書いた人を想像するのは難しい——。

「へえ。『へちまの花』をご指名か」

と堺さんは目を細めるようにしてつぶやいた。

『へちまの花』は、売文社が営業宣伝と広告取りを兼ねて毎月出している雑誌で、雑誌といっても一枚の紙を二つ折りにした全四ページ、簡易な新聞のようなものだ。巻頭にはたいていい〝当代一のユーモリスト〟を自称する堺さんが近況を面白おかしく書いた記事が掲載されている。その他、特約社員や特約執筆家たちの一口話、読者投稿、川柳にポンチ絵、「新刊提灯《ちょうちん》行列」欄は新刊本を紹介する文字どおり提灯記事だ。最終ページはたいてい売文社の営業案内のほか、他の出版社の新刊宣伝はじめ、近所の写真館や洋品店、鳥料理屋なども広告を出していて、居候のぼくが言うのも何だが、なんでもありな感じだ。

「主筆　堺利彦　編輯長　貝塚渋六」

堺さんが主筆と編輯長の一人二役を務め、表紙に「へちまの花」と大きく横書きに雑誌名が記されている。

――定価一部金三銭、惜しむに足るほどの金額にあらず。

堺さんが考案した『へちまの花』の売り文句は、売文社関係者および一部読者のあいだで大いに受け、ひところは「この餅《もち》一個金何銭、惜しむに足るほどの金額にあらず」「この下駄一足金何銭、惜しむに足るほどの金額にあらず」といった具合に、なんでもかんでも「惜しむに足るほどの金額にあらず」をつけるのが流行したそうだ。

一方で、こちらもやはり堺さん考案による雑誌名「へちまの花」は、残念ながら八方《はっぽう》大いに不評であった。創刊時には、売文社社内のみならず、広告主や寄稿者からも、「桜でも百合《ゆり》でも菊でも薔薇《ばら》でもスミレでも、せめて朝顔でもなく、よりにもよってなぜヘチマなのか？」「ヘチマとは何ごとか。まじめにやれ！」「ふざけるのもたいがいにしろ」といった否定的な意見が多数寄せられたという。

普段はおおむね社会主義に同情的な東京朝日新聞記者の杉村楚人冠《すぎむらそじんかん》さんも、

――文を売った上にまだ雑誌まで売ろうとするのは虫が良すぎる。「へちまのかは」と改題すべし。

と、雑誌名を揶揄《やゆ》する文章をわざわざ送ってよこしたほどだ。

さんざんの不評にもかかわらず、堺さんはいっこうに気にするようすもない。それどころか、反対意見をまるごと『へちまの花』に掲載して喜んでいるくらいだ。

そんななか、不思議なことがあった。

いつもは堺さんに歯にきぬ着せぬ意見を遠慮会釈なくずけずけ言う大杉さんが、この件に関してだけはなぜか、

「いいぞ、堺君。で、でかした。よい名前だ！」

と激賞して周囲を唖然とさせる珍事が起きたのだ。

だからというわけでもないのだろうが、雑誌名は「へちまの花」のまま毎月発行されつづけている。それはそうとして。

――訳文をへちまの花に載せて下さい。

というのは、どう考えても変な依頼であった。

通常は外国語を日本語に、あるいは日本語を外国語に翻訳した文章を依頼主に提出する。その後、文章の手直しを要求されることもあるが、翻訳仕事とは本来そうしたものだ。

封筒には、暗号と一緒に持参人払いの為替《かわせ》小切手が入っていた。

料金支払い用の為替が同封されていること自体は珍しくない。

問題は金額である。

額面百円。

売文社が広告に出している翻訳の料金規定は、

——日本文にして二十字詰十行、一枚金五十銭を標準とする。但《ただ》し、難易度、分量によって相談に応じる。

というもので、送られてきた暗号文は数字と記号、アルファベットを合わせて百四十二字。日本文にしてどうなるかわからないが、ほかの外国語の例から考えれば、一枚か、せいぜい二枚といったところだろう。

規定の百倍から二百倍相当の為替を前払いしてきたということは、そのくらい難しい暗号だということか？

それにしても、訳文を『へちまの花』に掲載して、いったい誰の得になるのか？

何から何まで普通の依頼とはちがっている。

腕組みをした堺さんと差し向かいに座り、二人して首を右に左にかしげていると、玄関番の添田君がお茶をもってきてくれた。

添田君は、色白で整った顔立ちの、見るからに聡明そうな少年だ。有名な演歌師、添田啞蟬坊さんを父にもち、ぼくが売文社に見習い入社するきっかけとなった事件ではバイオリンの妙技を披露するなど意外性に事欠かない。年齢はぼくの一つ下、ということだが、目をつぶって話だけ聞いていれば絶対に年下とは思えない。目から鼻へ抜ける。まさにそんな感じだ。

添田君は自称〝売文社の門番〟。お茶をもってきてくれたのは、単に「何やら面白そうな話をしているので交ぜてもらおう」という魂胆《こんたん》だろう。

湯飲みを机の上に置いた添田君は、堺さんが眺めている暗号文にちらりと目をやって、

「暗号なんて、解かなくていいんじゃないですか」

と言った。

ぼくはびっくりして添田君をふり返った。

添田君は空《から》のお盆を胸の前にかかえて、

「暗号なんか解かずに、もらえるものだけもらっちゃえばいいじゃないですか」

と、けろりとした顔で恐ろしいことを言う。

百円は大金だ。ただどりなんてできるわけがない。

思わずそう反論すると、添田君は欧米人のように器用に肩をすくめてみせた。

「だって、誰からなのかわからない依頼なんでしょ？　相手が何を考えているかわかったものじゃない。政府や官憲の罠だったらどうするんです？　まじめに暗号を解いて『へちまの花』に載せたとたん、刑事が売文社に踏み込んでくる、なんて事態になったらどうするんです」

ぼくは、ああ、そうか、とうなずいた。

売文社の内《なか》にいるとついつい忘れがちだが、外から見れば売文社は政府官憲から睨《にら》まれている〝極悪非道の徒〟社会主義者の巣窟なのだ。

「もしくは、適当な訳文をでっちあげて『へちまの花』に掲載するとか？　誰も何も文句を言ってこないかもしれないし、文句を言ってくる人がいれば、どういうつもりなのか、その人と

あらためて相談するというのはどうです？」

さすがは添田君。いろいろと思いつくものだ。

ぼくは堺さんをふり返ってたずねた。

「……どうしますか？」

「もちろん、依頼には応《こた》えるさ」

堺さんは平気な顔で言った。

「文章に関する依頼には何でも応えるのが売文社の方針だ。やらずぶったくりの噂を立てられて、せっかく軌道に乗った商売があがったりになっちゃ困るからね。たとえ政府や官憲からの依頼だったとしても、見事に暗号を解いて、うまく切り抜けられる文章にしてみせるのが売文社の心意気《こころいき》だよ」

そう言う堺さんは、にこにこと笑みを浮かべ、楽しそうに手をこすり合わせている。

堺さんには、難しい課題ほど面白がる妙な癖がある。

先日、色街の女性から男に手切れ金を請求する手紙の代筆の依頼があったときも、堺さんは自ら筆を執《と》り嬉々として取り組んでいた。出来上がった手紙は、色街の女性が書いたとしか思えない見事なできばえだった。

銘酒屋《めいしゆや》総代から警視総監にお目こぼしを願う嘆願状依頼のさいは、さすがに苦笑しながら書いていたが、あとでお礼の菓子折りが届いたところを見ると、堺さんの嘆願状のおかげで何とかなったのだろう。

謎好き、難問好きの堺さんが、依頼人不明の謎の暗号解読依頼に喜んで取り組まないわけがない――。

そう思っていると、堺さんがひょいと顔をあげてぼくにたずねた。

「ところで、きみはなぜこの文章がエスペラント語だと思ったんだい？」

なぜ、と言われても困る。

「なんとなく、そんな気がしたのですが……。すみません、まちがっていました」

ぼくはぺこりと頭をさげた。

「いや、謝ることはない。見たところ、この暗号は子音プラス母音の組み合わせでできているようだ。エスペラント語と同じ構造だよ。直感としては悪くないと思う」

堺さんはにこりと笑って言った。

「暗号解読に必要なのは直感に導かれた大胆な仮説と、その仮説を証明する綿密な裏づけ作業だ。……よし、それじゃ今回の件はきみが担当してみるかい？」

へっ？

と思わず変な声が出た。

「ぼくが？　いったい、何をやるんですって？」

堺さんは椅子の背にもたれ、頭の後ろで手を組むと、気楽なようすで、

「ただの居候じゃ、きみも物足りないだろう？　ここらでひとつ、謎の暗号を解読して百円ばかり儲けてみてはどうだい」

「いや、でも……ぼくが……えっ？　暗号を？　解読？」

あとは言葉にならず、口を開けたり閉じたり、目を白黒させるばかりだ。

堺さんは顔を横に向け、通りかかった人に声をかけた。

「ちょうどよかった。荒畑君、彼にローマ字を教えてやってくれないか」

荒畑さんはその場に足をとめ、鳩《はと》が豆鉄砲をくったような顔で目をしばたたいた。

その三

「狸《たぬき》なんだよ、だいたいあの人は」

荒畑さんはさっきからぶつぶつ文句を言いながら、指の爪をかじりつづけている。

場所は、売文社の近所にあるカフェー「パウリスタ」。

日本で本格コーヒーを出すようになったカフェーの草分け的存在である。

売文社の人たちはこの店をよく利用していて、なかでも荒畑さんは「事務所で探すよりパウリスタを覗いた方が早い」と言われるほどの常連客だ。

堺さんはときどき荒畑さんをつかまえて、「フェイマス、ヨタリスト、イン、パウリスタ」と言ってからかっている。最初は何のことかさっぱりわからなかったが、〝ヨタリスト〟は堺さんの造語で〝与太《よた》話をする人〟。全体としては〝パウリスタでいつもくだらない話をしている有名人〟といったほどの意味らしい。

荒畑さんは、堺さんや大杉さんと一緒に、路地裏で倒れていたぼくを見つけて売文社まで運んでくれた命の恩人の一人だ。

二人がいないとき、ぼくは堺さんに「大杉さんや荒畑さんはどんな人たちなのですか」とたずねたことがある。堺さんは小首をかしげ、少し考えたあとで、

「彼らほど正反対の二人は珍しい」

と答えた。

長身で、西洋人のような彫りの深い整った顔立ちにギョロリとした大きな目、洋服をぱりっと着こなし、ハイカラで、見栄《みば》えがする大杉さん。

一方の荒畑さんは、いつもよれよれの着物を着て、背中を丸め、爪をかじるくせがある。こう言ってはなんだが、どうにもさえない風采だ。

一見正反対の二人だが、堺さんによれば、大杉さんと荒畑さんは会ったはじめからウマが合うというか、大変気が合う仲間だったという。年齢が近いせいもあるのだろう、二人は御神酒《おみき》徳利《どっくり》よろしくずっとつるんできた。活動も一緒なら、警察に逮捕されるときも一緒。二人そろって署内で手荒な取り調べを受け、同じ監獄で恐ろしく不味《まず》い監獄飯を仲よく分け合った間柄だ。

二人はいまも、売文社とは別に社会主義の雑誌を出していて、厳しい官憲の監視もなんのその、意気消沈することなく活動を続けている。恐れ知らずの二人組。変わり者が多い売文社のなかでも、二人は特に変人扱いされている——。

堺さんは、つづけてこんなことを言った。

「大杉君は、大胆で強情、押しの強い男だ。軍人の家に生まれ、軍人になるべく陸軍幼年学校で教育を受けたが、その後、東京の外国語学校でフランス語を学んでいる途中でわれわれの運動に加わり、社会主義者となる道を選んだ。軍人教育を受けたせいか、大杉君は妙に律義なところがある。ほかの者が、尾行の刑事に『煙草を買ってきてくれ』と頼んで、そのすきに姿をくらました話を自慢げにしていると、『そいつは武士道に反する、今後はやめたまえ』と真顔で注意するといった具合だ。

　一方の荒畑君は、直情径行、まっすぐな性格で、涙もろく、激しやすい。彼は横浜の遊郭に育ち、小学校を卒業したあと、社会主義書籍の行商を通じて社会主義普及運動に身を投じた。〝寒村〟という彼の筆名は、足尾銅山事件で荒れ果てた谷中村《やなかむら》の光景に胸をうたれ、生涯この光景を忘れまいという決意表明だ。一途《いちず》で、純情。嘘をつくのが苦手で、曲がったことが大きらい。何かと大人げない大杉君とは別の意味で、子供のように無垢《むく》な人物だ――と、まァ、ひとまずこんなところかな」

　ところが、何があったのか知らないが、荒畑さんは最近あまり売文社に顔を出さず、たまに見かけても妙にささくれだった雰囲気で、以前はコーヒー一杯で半日以上平気でねばっていた「パウリスタ」にも、このところあまり顔を出していないという話だ。

「あの狸親父《おやじ》め！」

　荒畑さんはそう言って、カップに残ったコーヒーを一息に飲み干した。

「コーヒーお代わり！　お代《だい》は堺さんにつけておいて！」

注文した二杯目のコーヒーに口をつけたあと、荒畑さんはようやくぼくに向きなおった。

「それで、きみ、ローマ字表記はどこまで知ってるの？　えっ、何も知らない？　アルファベットの形くらいはだいたいわかる？　そうか、まあ、そうだよね……。うん、みんなはじめはそんなものだ。しかし、そうかぁ、どうしようかなぁ」

思案投げ首、そのあいだもしきりに爪をかんでいたが、よし、と覚悟を決めたようすでぼくに向き合った。

「それじゃ、まずは文字と読み方からだ。ローマ字表記はアルファベットの大文字だけ覚えれば何とかなる。たかだか二十六個、恐れるに足るほどの数にはあらず、だ」

そう言って、テーブルの上に白い紙をひろげ、アルファベットを書いてくれた。各アルファベットの上に、エー、ビー、シー、と小さく読み方がふってある。

「これらの文字を使って書くのが、ローマ字表記法だ」と荒畑さんは言った。

われわれが普段口にしている日本語は、母音と子音に分けられる。

A（あ）、I（い）、U（う）、E（え）、O（お）が母音。

これに子音のK、S、T、N、H、M、Y、R、W、を組み合わせたものが一般的な五十音になる。

そう説明しながら、手早く五十音表を書いてみせた。

「縦横のアルファベットを組み合わせたものが、日本語のローマ字表記だ。まずは、この五十音表を覚えること。覚えたら次は、ガ、ギ、グ、とか、シュ、シェ、ショ、といった例外表記に移るとしよう」

顔をあげ、ぼくがぽかんとしているのに気づくと、荒畑さんは自分の頭の後ろに片手をやり、ごしごしとこすった。

「そうか。表を丸ごと覚えるというのも芸のない話だな。それじゃ、僕が例文を日本語で書くから、表を見ながらローマ字に移して書いてごらん。ローマ字の書き方は、普段使っている日本語とはちがって左から右に横書きだ。いいかい？　例文その一。『さかいさんはたぬきです』。『ん』はNが一個、濁音の『で』はDEね。はい、どうぞ」

目の前に急にまっさらな紙を差し出され、ぼくは慌てて課題にとりかかった。

例文のひら仮名を、荒畑さんが書いてくれたアルファベットの五十音表と見比べ、突き合わせながら、一文字一文字、ローマ字に置き換えていく。書くのは〝左から右〟の順だ。


SA…KA…I…SA…N…HA…TANUKI…


ずいぶん時間がかかったはずだ。が、荒畑さんは文句ひとつ言わずに待っていてくれた。

そうして、書きあがったぼくの鉛筆跡を見て、

「おみごと、おみごと。たいしたものだ」

と、パチパチと手を叩いてほめてくれた。

「それじゃ、次の例文に行ってみよう。今度は二文だ。ちょっと難しいぞ。焦ることはない、ゆっくりやろう。いいかい。『わがはいはねこである。なまえはまだない。』。あいだと末尾の『。(まる)』は『.(ピリオド)』、『が』はGA、『だ』はDAだ。はい、どうぞ」

WAGAHAI…HA…NEKO…DEARU. …NAMAE…HA…MADANAI.

「いいぞ、その調子。どんどん行こう。次の例文……」

不思議な感じだった。

荒畑さんの指導の下、ぼくは生まれてこの方一度も書いたことがなかったローマ字を使って文を書いている。今朝、売文社の二階で目が覚めたときは考えてもいなかった事態だ。できなかったことができるようになるのは、こんなにもわくわくするものなのか。

顔をあげると、荒畑さんの顔がすぐ目の前にあった。

あらためて見ると、荒畑さんは思いのほか目鼻の整った、やさしい顔をしている。

ぼくは何だか意外な気がした。荒畑さんは、いつもつるんでいる大杉さんと比べられることが多く、そのせいで〝さえない人〟の印象だ。

が、少なくとも今回の件に関して言えば、荒畑さんは人にものを教えるのが大変上手であった。もし教えてくれるのが大杉さんだったら、ぼくはこんなふうにローマ字を覚えることはできなかったと思う。〝売文社きっての語学の天才〟大杉さんにはきっと、ぼくが何がわからないのか、そもそもなぜローマ字ができないのか、理解できないいんじゃないだろうか。

夢中になってローマ字に取り組んでいたぼくは、ふと、本来の目的を思い出して荒畑さんにたずねた。

「結局、あの暗号はローマ字で書かれていたんですかね？」

「暗号？」

荒畑さんは眉を寄せた。

「何の話？」

逆にたずねられて、ぼくは売文社でのやりとりを思い出した。

あのとき堺さんはたまたま通りかかった荒畑さんをつかまえて、ぼくにローマ字を教えるよう依頼した。

それだけだ。

暗号については何も言っていない。

ぼくは慌てて堺さんから預かってきた暗号文を取り出し、テーブルの上にひろげて、荒畑さんに事情を説明した。

この暗号はローマ字ではないのか？

ぼくの質問に、荒畑さんは暗号文にちらりと目をやって、

「ちがうね、ローマ字じゃない」

と即座に否定した。

「文頭の数字と記号はともかく、残るアルファベットをローマ字読みすればこうなる。オシワヤリカオイワシリユオギワバリンザオ……。まるで神主《かんぬし》の祝詞《のりと》だ。意味が通じない」

ぼくも自分で、習ったばかりのローマ字解読法を試みた。
オ、シ、ワ、ヤ、リ、カ、オ、イ……。
たしかに、どうやっても意味が通じない。しかし。

「それなら、なんだって堺さんはぼくにローマ字を習得するよう指示したんですかね？　暗号の解読が目的だったはずなのですが……」

「なぜって、そりゃ……」

荒畑さんは言いかけて、首をひねった。

「なぜかな？」

「売文社に戻って、堺さんに聞いてきましょうか？」

「いいよ、いいよ」

荒畑さんはうんざりしたように手をふった。

「堺さんのことだ、きっと何か裏があるんだろう。そのうち、むこうから何か言ってくるさ。こっちはこっちで、コーヒーを飲みながらローマ字の勉強をしてればいい。久しぶりに飲むパウリスタのコーヒーは、やっぱり最高だね。……あ、そこ。『ち』は変則表記で〝ＴＩ〟じゃなくて〝ＣＨＩ〟なんだ」

「あっ、そうなんですね。わかりました」

「しかし、暗号解読とはねぇ」

荒畑さんは椅子の背にもたれ、頭の後ろで手を組んでつぶやいた。

「僕はまたてっきり……」

そう言ったきり、首をひねっている。

てっきり何だというのか？

そんな言い方をされたのでは、気になって仕方がない。

顔をあげると、自分でも気がついたのだろう、荒畑さんは苦笑しながら説明してくれた。

売文社設立当初から、堺さんは周囲の者に日本語以外の言語を習得するよう推奨してきた。ローマ字表記もそのなかの一つだ。

売文社での仕事に必要、という面もあるが、仕事のためばかりではない。

堺さん曰《いわ》く、

――われわれは言葉をきたえる必要がある。

日本語以外の言語の習得は、そのための手段というわけだ。


五年前。

十二人の仲間があっという間に縊《くび》り殺された「大《おお》いに逆《さか》さまの事件」のさい、日本中の人たちは政府の発表を鵜呑《うの》みにした。

何しろ日本語で出ている新聞記事はみな、どれを読んでも、

「事件にかかわったのは何《いず》れも社会の失敗者」

「彼らは無政府共産主義者の名をかりて、そのうっぷんを散じようとしたに過ぎず」

「あたかも狂者が家長を憎み、道理を蔑《なみ》し、自らも憤死せんとする者のごとく」

「およそ狂愚の沙汰なり」

といった感じで、ひとことで言えば〝容疑者憎し〟一色の論調だ。さらに、

「社会の黴菌《ばいきん》を除去する。これをペストの掃討《そうとう》と同一視し、毫《ごう》も仮借《かしやく》する必要なし」

といった書き方で、これを日本中の人たちが疑うことなく信じてしまった。

社会の黴菌。

ペスト菌と同じ。

ひどい言われようだ。

一方、同じ時期に出ていた外国語の新聞や雑誌には、事件への疑念を表明する記事や社説が少なからず掲載されていた。

「逮捕に至る証拠が甚《はなは》だ乏しい。日本の警察は事件を調べ直すべきである」

「日本政府の発表からは天皇暗殺計画が存在した事実を確認するのは困難である」

「そもそも一連の出来事に事件性はあるのか?」

「今回の事件は、日本政府のでっちあげではないか?」

といった、事件そのものへの疑問を呈するコメントが並んでいて、もしこれらの記事を日本の人たちが読んでいたら、事件への反応もちがっていたのではないか?

非公開で行われた秘密裁判と、時を置かずして執行された絞首刑についても、外国語の新聞や雑誌には、

「文明国にあるまじき蛮行。国家によるテロリズムの発露だ」

「今回の一件で、日本は野蛮な非文明国であることを自ら証明した」

など、痛烈な批判が少なくない。

日本語での報道とは正反対の見解だ。

立場が変われば物の見方は変わる。

一つの言葉だけ使っていたのでは、物の見方も一様《いちよう》になる。政府や権力者の発表を鵜呑みにして、目の前の出来事に別の可能性があることが見えなくなる。人間をペスト菌扱いする報道さえ、簡単に受け入れてしまう——。

日本語以外で書かれた記事や文章にも目を通し、複眼的に世の中を見る必要がある。

堺さんが言う「言葉をきたえる必要がある」とはそういう意味だ。

言葉をきたえ、物の見方を多様にすれば、権力者の言葉を疑うことができる。別の可能性を考えることができる。

周囲のみんなが当たり前だと思っていることが、実は少しも当たり前ではないかもしれない。

権力者の言葉を角度を変えて見る。弾圧を茶《ちゃ》にし、笑いのめすことが、時には抵抗の有効な手段となる。そのために必要なのは、ユーモアやウィット、レトリック、皮肉、諧謔《かいぎゃく》、反語、ペーソス、ジョーク、その他さまざまな言葉の技術である。

他言語を習得して言葉をきたえる。物の言い方、考え方のバリエーションを獲得する。そうして、この「冬の時代」が通り過ぎるのを雌伏《しふく》して待つ。それがいまのわれわれが為《な》すべきことだ……。


「堺さんが以前――珍しく酔っ払ったときだけど――そんなふうに言っていたことがある」

と荒畑さんは、やっぱり爪をかじりながら言った。

「もっとも、大杉に言わせれば『堺君のは雌伏じゃない。たるんでるだけだ!』ということになるんだが、まあ、あいつは特別だからね。普通の人には参考にならない。普通は堺さんの方針だ。だから僕はまたてっきり、堺さんは居候のきみの言葉をきたえる手はじめとして、ローマ字を学ばせようとしたと思ったわけだ」

荒畑さんの言葉で、ぼくはあらためて自分が日本語をローマ字で学ぶ意味を考えた。

同じ文章でも、ローマ字で書いたり読んだりすると格段に手間ひまがかかる。逆に言えば、文章の中身を一度考える時間ができるということだ。

「以前、きみが好きだと言っていた石川啄木もローマ字で日記を書いていたという噂がある」

荒畑さんの言葉に、ぼくははっと顔をあげた。

「彼も、日本語で考えるのとは別の物の見方をしようとしていたのかもしれない」

ローマ字で日本語を書いたり読んだりすることで、ぼくは普段使っている言葉で考えるのとは別の見方をしているのだろうか?

自分でもよくわからなかった。

首をかしげていると、

「しかし、まさかきみが暗号担当とはね。やれやれ。堺さんも何を考えているんだか」

「ぼくは別に、暗号担当になったわけじゃ……」

「堺さんがそう言ったんだろう？　『これはきみの担当だ』って。それじゃ、決まりだよ。暗号担当決定、おめでとう」

「いや、そうじゃなくて、ぼくはただ……」

「冗談だよ」

荒畑さんはふきだすように言った。

「あの堺さんが、暗号なんて面白そうなものを他人任せにするものか。そのうち何か言ってくるさ」

そう言うとカップに残っていたコーヒーを飲み干し、店の人をふり返って、

「コーヒー、お代わり。お代は堺さんにつけておいて！」

と大きな声で言った。

その四

それから三日間。

ぼくは「パウリスタ」で荒畑さんにローマ字表記を教わり、おかげで日本語のローマ字表記

の方法はだいたい覚えることができた。

荒畑さんから「なかなか筋《すじ》がいい」とほめられて嬉しかったが、実際は、ひとえに荒畑さんの教え方が上手だったからである。

問題は暗号の方だ。

――そのうち何か言ってくるさ。

荒畑さんは気楽にそう言ったが、堺さんからはその後なんの音沙汰もなかった。

ぼくはしびれを切らして、こっそり――でなくてもよかったのだが――売文社を覗きに行くと、堺さんは留守であった。

玄関番の添田君がのんびりと言うのを聞いて、ぼくは急に焦りはじめた。

「明日には戻るようなことを言っていましたよ」

添田君に聞くと、昨日から出掛けて、どこに行ったのかわからないという。

明日はたしか、次の『へちまの花』の締め切り日だったはずだ。

堺さんが戻ってきて、暗号の解読が何も進んでいないと知ったらどう思うだろう?

呆れられるか、馬鹿にされるか。

いずれにしても、ぼくは居候失格となるのではないか?

どうにも落ち着かない気分のまま「パウリスタ」に戻ってみると、荒畑さんは相変わらずちびちびとコーヒーを飲んでいた。

ぼくは半《なか》ば泣きつくようにして、一緒に暗号解読に取り組んでくれるよう荒畑さんに頼みこんだ。

そこから二人で暗号についての本格的な勉強がはじまった。

最初に疑ったのは、

――今回の暗号文は、ぼくが知らない外国語で書かれているのではないか？

という可能性だ。

売文社で働きはじめて以来、ぼくはさまざまな外国語を目にする機会があった。英語にドイツ語、ロシア語、イタリア語、フランス語にエスペラント語。主にアルファベットで書かれた欧米語はむろん、特殊なキリル文字で書かれたロシア語や、同じ漢字でも中国語では文法や言葉の意味がちがう。知っているつもりの日本語でさえ、達筆《たっぴつ》すぎれば何が書いてあるのかさっぱりわからない。

ぼくにとっては全部暗号と同じということだ。

誰かが翻訳してくれないかぎり、ぼくにはそこに何が書いてあるのかわからない。荒畑さんが〝解読できる〟外国語は、いまのところ英語とローマ字、ロシア語が少し、といったところらしい。

ぼくの疑問に対して、荒畑さんはしかし「これは未知の外国語ではない」と断言した。

「大杉が最初に『これは何語でもない。暗号だ』と言ったんなら、まちがいない。これは暗号だよ」

荒畑さんはそう言って肩をすくめ、

「百円の為替が同封されていたんだろう？　この分量の外国語翻訳に百円も出す人はいないよ。もっとも、為替のことなど知らなくても、大杉はやっぱり『暗号だ』と断言したと思うがね。あの男、直感だけは人並みはずれて優れている。直感を頼りにどこまでも突進していくから、一緒にいる人間は大変なんだ」

爪をかみながら、最後は何やらうんざりしたようすでぼやいている。

未知の外国語でないとすれば、別の暗号の解き方を見つける必要があるというわけだ。

貸本屋からそれらしい本を何冊か借り出してきて、調べてみると、世の中には実にさまざまな種類の暗号が存在していた。

たとえば、昨年から戦争がつづいている欧州には、かつて「六角暗号」なるものがあったそうだ。この暗号を作成するには、まず差出人と受け取る側でお互い同じ太さの六角の棒を用意する。差し出す側は六角棒に細長い紙をななめに巻きつけ、一つの面に通信文を書く。その後、空《あ》いた場所に適当な文字を書きこみ、一見何が書いてあるかわからなくして使者に届けさせる。受け取った側では同じ太さの棒に紙を巻きつけ、ある面に縦に並んだ文字を読んでいくと通信文になっているという仕組みだ。

面白そうなので一度やってみたいとは思ったが、売文社には六角だろうが八角だろうが、決まった太さの棒は存在しなかった。送られてきたのも普通の形の便箋で、長細い紙ではない。

今回は六角暗号ではないということだ。

「いろは暗号」というものもあった。いろはを数字やアルファベットに置き換えるもので、

「い」を「1」もしくは「A」、「ろ」を「2」もしくは「B」と表記する。この応用として、一文字、あるいは二文字ずつアルファベットをずらしていくやり方もある。

送られてきた暗号文でいろいろ試してみたが、よけいにわからなくなっただけだった。

「発想の転換が必要なのかもしれない」

荒畑さんが相変わらず爪をかみながら、妙なことを言い出した。

「もしかすると、僕たちが見ている暗号は実は偽装で、本当の通信文は別に書かれているんじゃないだろうか」

荒畑さんが示したのは「あぶり出し」や「こすり出し」が載っているページだ。

本を参考に二人でやってみたが、紙が汚れただけでどんな文字も浮かんでこなかった。「あぶり出し」に至っては、深追いしすぎて危うく紙を燃やしてしまうところだ。

針先で紙に小さな穴を開けて通信文を書く「針文字暗号」というのを見つけて、紙を光にすかしてみたが、残念ながら何の細工も見つからなかった。

そのあたりでぼくは「これは闇雲にやっても駄目なのではないか?」と思いはじめた。

忍者が仲間を見分けるさいの「山」「川」といった合言葉や、呉服屋や古着屋ではお客にわからないよう「メ、キ、エ」といった符牒を使った値段表記がある。刑事たちのあいだでは、「サンズイ」が汚職事件、「ゴンベン」が詐欺事件を指す隠語《いんご》だという。

そんなものは、闇雲に考えてもわかるはずがない。

外の人間が暗号を解読するには、先にヒントを見つける必要があるのではないか?

というぼくの提案に、荒畑さんは素直にうなずいた。

「きみの言うとおりだ。暗号自体を検討する前にヒントを探さなくちゃ。何があったかな?」

基本的に他人《ひと》の話は聞かない大杉さんとは対照的に、荒畑さんは驚くほど素直で、まじめな性格だ。……ひねくれた暗号解読には向いていないかもしれない。

最初に、暗号文が入っていた封筒を検討することにした。

交互に手に取り、矯《た》めつ眇《すが》めつ検討したが、どこにでも売っていそうな、ありふれた封筒だ。

もしやと思い、糊《のり》をはがして封筒を解体し、あぶり出しその他もいろいろ試してみたが、ヒントとなりそうなものは何も見つからなかった。

残るは、依頼状だ。

荒畑さんとぼくは、テーブルに置いた依頼状の上で額を寄せた。

こちらも、一見して、どこにでも売っていそうなありふれた一筆箋である。そこに定規を当てて書いたような無個性な字で、

——これは終わりのない物語。訳文をへちまの花に載せて下さい。

とある。

もしかして、これがヒントなのか?

依頼状を光にすかしたり、鉛筆でこすったり、燃やさないよう気をつけながら火であぶったり、さんざん捻《ひね》くりまわしていたが、ふいに荒畑さんがくすくすと笑い出した。

「アハハハ。だめだ、だめ。僕たちにわかるはずがない」

荒畑さんは依頼状をテーブルの上に投げ出し、

「暗号なんてものは、大杉のような一種の天才か、さもなければ堺さんみたいなよほどの臍曲《へそま》がりでなくちゃ解けるものか。僕たち凡人がいくら考えたって無駄だよ」

そう言って椅子の背にもたれ、頭の後ろで手を組んだ。

「あの二人は天才と変人のいいコンビでね。たぶん、二人ともこの暗号をとっくに解いているんじゃないかな」

依頼状を手にしたぼくは、えっ、と絶句して、顔をあげた。

暗号は解読済み？

それじゃ、ぼくたちはいったい何をやっているのか？　堺さんは何だってぼくたちに暗号を押しつけたのか？

ぼくの質問に、荒畑さんは首をすくめた。

「さあね。あの二人が何を考えているかなんて、僕たち普通人にわかるものか。大杉は——そうだな、面倒臭かったからじゃないか？　やりたくなければ縦のものを横にもしない。やりたければ、亡くなったばかりの父親の軍人遺族扶助料を抵当に入れて、その金で発禁覚悟の社会主義雑誌を嬉々として作る。そんな奴だよ、大杉は」

「でも、堺さんは……？」

「堺さんは狸だから」

と荒畑さんは鼻先で笑って言った。

「売文社を立ちあげたときも、『広告料を出せ』という新聞社の連中に向かって、『死刑になった仲間の写真や談話を無料で提供してやっただろう。あれとこれとで相殺だ』と平気な顔で主張して、結局新聞広告料三円五十銭をロハにしてしまったくらいだ。事件で殺された仲間の写真や談話と相殺なんて、とても普通人には思いつかない。心情として無理だ。堺さんがきみに暗号解読を任せたのも、何か目的があるだろう。ふむ？　そう言えば、無料を意味するロハは〝只〟という漢字を分解したものだね。これも暗号の一種と言えなくもない。ま、僕たちに思いつくのはそのていどのものさ。堺さんの目的が何か？　暗号を解く以上の難問だよ。だめだ、だめ。チンプンカンプン。英語ではグリーク、ツー、ミー。要するに、お手上げだよ」

天井を見あげる荒畑さんを見て、ぼくは、あれっ、と思った。

最近の荒畑さんのささくれだった雰囲気が、いつのまにか和《やわ》らいでいた。目付きもなんだか穏やかになった感じだ。

ぼくの指摘に荒畑さんは肩をすくめ、

「そうだよな。自分でもそう思うよ。この数日、きみと一緒にローマ字の勉強をして、暗号解読に挑んでいるうちに、客観的に自分を見て『俺は何をやっているんだ』と思うようになった。たぶん、そのせいだね」

続けて荒畑さんが説明してくれたところによれば、大杉さんと二人で出している雑誌がこのところ連続で発禁処分を命じられ、廃刊の危機に瀕《ひん》しているという。

ところが大杉さんは、そんなことなどどこ吹く風、日本政府の対華二十一カ条の要求に怒り狂って「火事場泥棒だ！」と叫ぶばかりで、対応策を話し合おうともしない。日本の新聞は、日本政府の弱腰を糾弾する記事が一面に並んでいて、まるであのときと同じ雰囲気だ。これで神経質になるなという方がどうかしている――。

「大杉の考えていることが最近どうにもよくわからなくてね。時々ついていけないことがある。前からだが、最近とくにそうだ」

荒畑さんがそう言ってにがく笑うのを見て、ぼくはある噂を思い出した。

大杉さんは近頃、社会主義関係で知り合った複数の女性と恋愛関係にあるという。

先の「大いに逆さまの事件」で処刑された女性と一緒に暮らしていたこともある荒畑さんは、英語の「アイ、ラブ、ユー」に「月がきれいだね」の訳文をつけるほどのロマンチストだ。大杉さんの絶対的自由を希求する政治思想には共鳴しても、それを男女間に応用するのに抵抗があるのは、このぼくにさえ想像がつく話だった。

荒畑さんの最近のすさみぶり、ささくれだった雰囲気は、案外そんなところにも原因があったのかもしれない。だとしたら――。

ぼくはある可能性を思いついて、荒畑さんに話した。

大杉さんはこのところ売文社に来るたびに、荒畑さんと出している雑誌が廃刊の危機にあることなど知らぬ顔で、日本政府のやり方を糾弾する「火事場泥棒演説」をぶっている。

荒畑さんはそんな大杉さんに対して、また、大杉さんの最近の女性関係について不快に感じていながら、それを咎《とが》める言葉を見つけられないでいる。大杉さんが掲げる絶対的自由を制限することになるんじゃないか——そう思って悩んでいる。

結果、荒畑さんは一人でどんどんすさんでいく。一方の大杉さんは万事まるで気づいていないようすだ。大杉さんは他人の気持ちを忖度《そんたく》するタイプではない。

このままじゃどうにもならない。ここはひとつ、大杉さんと荒畑さんを離して、冷却期間を置いてはどうか。世の中には時間だけが解決してくれることもある。荒畑さんが最近足が遠のいている「パウリスタ」でお気に入りのコーヒーでも飲んで、自分が得意なことをしていれば、たとえば人にものを教えていれば、何とかなるんじゃないか。

「堺さんはそう考えて、ぼくにローマ字を教えるよう荒畑さんに依頼したんじゃないでしょうか？」

荒畑さんは一瞬ぽかんとした顔になり、それからゆるゆると首をふった。

「きみに暗号を担当させたのは、むしろ付け足しだったというわけかい？　堺さんはああ見えて芸が細かいところがあるから、案外そんなところが真相かもしれないね。僕たちはお釈迦《しゃか》様ならぬ、堺さんの手のひらの上でとびまわっていたというわけだ。ちぇっ、あの狸親父め！」

「あっ」

と、ぼくは声をあげた。

「何？」

「それじゃないですか？」

——しゃくだから、もう一杯コーヒーを飲んでいく。

と言う荒畑さんを「パウリスタ」に残して急いで売文社に戻ると、入れちがいに建物のなかから出てきた堺さんと危うくぶつかりそうになった。

堺さんのすぐ後ろに、赤い花柄の着物を着て、頭の上に大きなリボンをつけた娘の真柄さんが人形を腕にかかえて立っている。

和服に羽織姿、懐《ふところ》に手を入れた堺さんは、ぼくの顔を見るなりすべて察したようすで、ふふん、と小さく笑った。

「ちょうどよかった。きみも一緒に行こう」

誘われるまま、ぼくは踵《きびす》をかえし、堺さん父娘《おやこ》のあとについて往来を歩きはじめた。

「どこに行くのです?」

ぼくの質問に、堺さんは、どこというわけじゃないさ、ただの散歩だよ散歩、と惚《とぼ》けた口調で答えた。

堺さんの袂《たもと》を片手でしっかり握った真柄さんも、最初にぼくをちらりと見たきり、ずっと前を向いて歩いている。

向かった先は、浅草にある小さな神社であった。

何かの縁日らしく、夕暮れの境内にはいくつもの屋台が並び、大勢の人たちであふれていた。呼び込みのテキ屋さんの売り声がかしましい。

堺さん親子は屋台を一軒一軒覗くようにしながら、人込みのあいだを右に行ったり左に行ったり、ジグザグ、デタラメに歩いている。ぼくは縁日の屋台を楽しむどころではなく、はぐれないよう気をつけるだけで精一杯だ。

人込みのなか、ふと、反対側から来る身なりのよい家族連れが目にとまった。鼻の下に髭《ひげ》をたくわえた洋装の紳士と、赤ん坊を腕に抱いた色白の奥さん。一見して裕福な家庭とわかる人たちだ。

すれちがう瞬間、身なりのよい紳士と堺さんがかすかに目礼を交わした——ように見えた。堺さんはそのまま何ごともなかったように神社の境内を抜け、ぐるりとまわって売文社に戻ってきた。

「まあちゃん、ありがとう。助かったよ」

堺さんはそう言って、娘さんの頭をちょっと撫《な》でた。「まあちゃん」というのは、真柄さんの愛称である。

真柄さんは堺さんにちらりと笑みを浮かべ、ぼくにはうさん臭げな一瞥《いちべつ》をくれて、一家が住居として使っている売文社の奥に入っていった。

ぼくと堺さんは事務所に戻った。自分の席につくと、堺さんは早速ぼくに手招きして、いたずらっぽい笑みを浮かべてこうたずねた。

「それで、あの暗号はなんて書いてあったんだい？」

その五

数日後。

売文社が刊行する「へちまの花」最新号の読者投稿欄にこんな文章が掲載された。


社会主義、万歳《ばんざい》。皆《みな》の健康を祈る。一陽来復《いちようらいふく》の時を待つ。ＴＫ

ぼくが暗号を解読した文章の内容を告げると、堺さんは感心したように、ほほお、と小さくつぶやいた。

どうやって解いたのかとたずねられ、ぼくは一瞬ためらったあと、正直に、荒畑さんが連呼していた「狸親父《たぬき》」がヒントになったと答えた。

「子供のころ、友だちのあいだで狸言葉がはやったのを思い出したのです」

友人同士、たとえば「こんにちは」を「たこんたにたちは」といった具合に、言葉のあいだに「た」を足して話をする。狸言葉を知らない相手や周囲の大人が怪訝な顔をするのを見てげらげら笑う、という趣向だ。

本来の文章にもどすには「た」を抜けばよい。だから狸言葉。

他愛のない子供の遊びだ。

今回の暗号のヒントは、依頼状にちゃんと書いてあった。

——これは終わりのない物語。

暗号文から「おわり」の文字を取り去るという意味だ。

手順としてはまず、冒頭に示された数で文字を区切る。その上でアルファベットを順にローマ字読みしていくと、

おしわやりかおいわしりゆおぎ/わばりんざおい/わ……

ここから「おわり」の文字をすべて取り去ると、こうなる。

しやかいしゆぎ/ばんざい/みなのけんこうをいのる/いちようらいふくのときをまつ/
TK

堺さんは「よくわかったね」とほめてくれたが、おそらく堺さん自身は、それに大杉さんも、暗号文をざっと見た時点で内容を理解していたのだと思う。

暗号と百円の為替の送り主はたぶん、縁日の人込みのなかですれちがった人だ。

荒畑さんによれば、五年前の「大いに逆さまの事件」のあと、多くの仲間が社会主義から離れて行ったそうだ。「社会がどうなろうと自分には関係ない」とばかりに健康法や断食法をは

じめた人。「日本はもう駄目だ」と言って外国に行った人。社会主義の代わりにキリスト教やその他の宗教に救いを求めた人もいた。連絡を断《た》って行方をくらました人も少なくない。なかには、それまでの考えとは正反対の極端な国権主義に走った人もいたらしい。

「彼らに対して、僕などはすぐに『許せない』と思ってしまうんだがね」

と荒畑さんは顔をしかめ、頭をかいて言った。

「堺さんはちがう。『彼らが真面目《まじめ》にそう思っているのなら仕方がない』と言うんだ。『人は弱い存在だ。絶対などというものはない。もし別の環境に置かれたら、自分もそう思うようになったかもしれない』と理解を示す――そのあたりが、狸親父の狸親父たるゆえんでね」

堺さんはそう言いながら、一方で、世の中で居場所を失った社会主義者の避難場所として売文社を設立した。獄中にいたことが不在証明《アリバイ》となって、危うく連座を免れた荒畑さんや大杉さん、堺さん自身もそうだが、ほかにも橋浦さんのように事件のとばっちりで社会主義者の烙印《らくいん》を押されて牢《ろう》に入れられた人などもいて、彼らはみな牢から出たあとは職を失い、飢え死にするか、やけになって政府高官の暗殺を試みるか、絶望して自殺するしかない状況だった。

そんな人たちに堺さんは別の選択を差し出した。

理不尽な嵐は猫をかぶってやりすごす、という方法だ。

時間だけが解決してくれることもある。

世の中で居場所を失った社会主義者の避難場所であり、同時に防波堤。それが売文社というわけだ。

さらに、荒畑さんによれば、堺さんが売文社をつづけている理由がもう一つあるという。暗闇の中で光をともす〝灯台〟としての役割だ。

「堺さんが売文社から毎月出している『へちまの花』、あれがそうだよ。どうにもばかばかしい題名だし、こう言っちゃなんだが、内容も取るに足らないものだけど、『へちまの花』は売文社から出しつづけていることに意味がある。堺さんは『へちまの花』を掲げることで、事件のショックで社会主義から離れていった人たちに『自分たちはここにいる』『いつでも戻っておいで』と知らせているんだ」

荒畑さんはそんなふうに解説してくれた。

今回、暗号と一緒に送られてきた額面百円の為替も、堺さんが積みあげてきた成果の一つだ。いまの世の中で、家庭があり、社会的な地位もある人は、内心では社会主義に共感していても、それを表明する手段がない。題名に「社会」とあれば、生物学者が書いた『昆虫社会』という自然科学の本まで発禁処分になる世の中だ。官憲が社会主義者と認定した者には監視がつき、外出するときは尾行の刑事がついてまわっている。

そんななか、「社会主義万歳」と書いた手紙を売文社に出せば、たちまち官憲から監視対象にされる。平穏な家庭も、社会的な地位も、すべて失ってしまう。

だから、あの人は名前を書かずに暗号文と百円の為替を売文社宛に送ってきたのだ。売文社への寄付ならば、すぐに警察に差出人の身元を調べられる。だが、暗号が同封されていれば、万が一調べられたとしても、暗号解読の報酬だという言い訳が立つ。

警察の目を欺《あざむ》くのが目的だ。ローマ字読み。「終わりのない物語」。それで充分だ。暗号を難しくする必要はどこにもない。実際、大杉さんと堺さんは暗号の意図を一目で見抜いた。

一方、世の中の矛盾にはまっすぐに立ち向かうべきだと考える荒畑さんは、暗号などというひねくれた謎を解く気ははじめからなかった。「パウリスタ」では、ローマ字を学ぶぼくに付き合ってくれていただけだ。

堺さんはそうした事情をすべてわかったうえで、手紙の送り主であるＴＫさんに挨拶に行った。娘の真柄さんと、それからぼくを連れて、浅草の神社の縁日に出掛けた。人込みのなか、あの人と堺さんが目礼を交わしたのは、すぐ後ろにいたぼくだから気づいたのであって、尾行の刑事には絶対にわからなかったはずだ。

あとで聞いたところ、百円の寄付は有り難く頂戴して、「大いに逆さまの事件」で犠牲になった人たちの遺族に分配したそうだ。

堺さんに言われて、「パウリスタ」に荒畑さんを呼びに行くことになった。

売文社の入り口で、玄関番の添田君が何やら熱心に本を読んでいた。傍らを通り過ぎようとしたぼくは、ふと妙な気がして足をとめた。

添田君は顔の前にひろげた本からちらりと目をあげて、ぼくにたずねた。

「どうしたんです？　そんな不思議そうな顔をして」

「添田君、その本は……？」

ぼくの質問に添田君は肩をすくめ、面倒くさそうに本の表紙を見せた。

「『鼠小僧《ねずみこぞう》』、知りませんか？　金持ちから金を奪って貧乏人にばらまく義賊《ぎぞく》の話です。面白いですよ」

「……ありがとう。今度読んでみるよ」

ぼくは添田君にお礼を言って表に出た。

（そういうことか）

表の道を歩きながら、ぼくは覚えず、ハハハと声に出して笑った。

このところ荒畑さんとローマ字の勉強ばかりしていたせいで、添田君が読んでいる本の題名を見て変な感じがした。

僧小鼠《そうこねずみ》。

そんなふうに読めた。

子ネズミが僧侶の袈裟《けさ》を着てお経をあげているヘンテコな絵が頭に浮かんで、ふきだしそうになった。

『僧小鼠』ではなく、『鼠小僧』。

気づいた瞬間、頭の隅でずっと不思議に思っていた謎が解けた。

堺さんが売文社で出す雑誌の名前を「へちまの花」に決めたとき、さんざんな不評のなか、堺さんに対して普段は人一倍口の悪い大杉さんだけが「いいぞ、堺君。でかした！　よい題名だ！」と絶賛して、周囲を唖然とさせた。

大杉さんは、お世辞はおろか、心にもないことは絶対に口にしない人だ。なぜ大杉さんが「へちまの花」を気に入ったのか、そのわけがやっとわかった。

横書きの日本語は右から左、ローマ字や外国語は左から右に読む。

売文社きっての語学の天才、七つの言語を自在にあやつる大杉さんには、雑誌の表紙に横書きに記された「へちまの花」はきっとこう読めたのだ。

　花のまちへ

暗闇を照らす灯台にふさわしい、素敵な雑誌名だ。

――エスペラントは「希望する人」という意味だよ。

堺さんがさっき教えてくれた言葉が頭に浮かんだ。

よく晴れた青空を見あげ、ぼくは一つ大きく息を吸う。

よしっ、と気合を入れ、ヨタリストの荒畑さんを「パウリスタ」に迎えに行った。

第三話　乙女主義呼ぶ時なり世なり怪人大作戦

その一

人は見かけによらないというが、骨太で短軀《たんく》、丸い顔に銀縁の丸眼鏡をかけ、髪は五分刈り、よく響く豪快なからから笑いが特徴で、狸《たぬき》親父と呼ばれる堺利彦さんは、なかなかどうしてハイカラな、新しもの好きの人だった。

日本でまだ自転車が珍しかったころ、堺さんは当時勤めていた『萬朝報《よろずちょうほう》』の仲間たちと海外から自転車を輸入し、幾多の落車事故にもめげず、休みの日に「サイクリング会」と称して一緒に遠出をしたり、通勤にも利用していたそうだ。当時の輸入自転車は堺さんの月給の二倍以上したという。

世の中で「今日は帝劇、明日は三越」という言葉がはやると、堺さんは早速その言葉どおり実行して、批判的な記事を書く。ガス、電気をいち早く家庭にとりいれたのは言わずもがな。新しい調理器具が開発されたり、外国から珍しい食材が輸入されると、必ず試してみなくては気が済まない性分だ。

堺さんは自分の一人娘に「真柄《まがら》」と名付けた。当時堺さんが翻訳していた何とかいう外国の小説に出てくる、明るく、元気で、やさしい女の子の名前〝マーガレット〟から取ったのだそうだ。日本人にはちょっと珍しい名前で、慣れの問題かもしれないが、ここだけの話、正直少々呼びづらい。昔から彼女を知っている人たちはたいてい「まあちゃん」とか「まあさん」とか呼んでいる。

堺さんの〝ハイカラ〟〝新しもの好き〟を「旧来の慣習にとらわれない進取の気性」ととらえるなら、きわめつけは「家庭と女性に対する考え方」ということになると思う。

真柄さんが生まれた年、堺さんは萬朝報社に記者として勤務するかたわら自ら由分社を立ちあげ、月刊『家庭雑誌』を創刊した。由分社は「堺」の字をばらしたものだ。

『家庭雑誌』創刊にさいして、堺さんは、

——社会主義は人類平等の思想である。

と云《い》い、

——社会主義の立場より見ればこんにちの結婚の多くは商売結婚であって、女性は恋愛のために結婚するのではなく、衣食のために結婚するのである。女性も職業をもち、一方で男性も家事育児に参加することが、人類平等、即ち社会主義実現への第一歩である。

と。また、

——家庭における婦人の解放なくして真の人間解放はない。社会主義は、まず家庭よりはじめられなければならない。これが我輩《わがはい》の根本思想である。

と宣言した。

平たく言えば、

「ただ金持ちだからといって偉そうにしている現在《いま》の社会の在《あ》りようはまちがっている。同様に、ただ男だからといって女性に偉そうにしているのもおかしな話だ。家庭での男女の役割を見直すことこそが社会主義への第一歩である」

というわけだ。

有言実行。堺さんはひまを見ては男子自ら率先して厨房に入りびたり、日がな一日料理研究に没頭している。残念ながら「これは当たり」というのはめったになく、「外れ」の方が断然多いそうだが、堺さんはめげることなく新しいものに挑戦しつづけている。

男女平等。

家事は男にもできるし、逆に女だからといってできない仕事はない。

堺さんが掲げる方針のせいか、否か？

売文社には結構な数の女の人が日常的に出入りしていて、居候をはじめたころのぼくには、ちょっとした驚きだった。

世間的に見れば、売文社は「社会主義者の巣窟」、言い換えれば「お上《かみ》にたて突く反社会的人物の集団」だ。

売文社は常に警察に監視されていて、誰が出入りしたのか逐一報告書に記載されているという。

堺さん自身、売文社の広告内でそのことを隠さず公言している。

「利用者のみなさまにはご迷惑をおかけすることがあるかもしれない」と詫《わ》びる一方、「官憲からは、商売の邪魔になるようなことは決してしない、と言質《げんち》をとっているのでどうぞご安心下さい」と大っぴらに事情を打ち明けている。

しかし、いくら正直に打ち明けられても、普通は官憲や刑事とは可能なかぎりかかわりをもちたくないのが人情だ。後ろ暗いところがなくとも、警官に「おい、こら」と呼びとめられて住所と名前をたずねられれば、よい気はしない。男のぼくでもそうなのだから、女の人たちなら誰しも尻込みするはず――というのは、男女不平等社会に育ったぼくの勝手な思い込みに過ぎず、売文社に出入りする女の人たちはまったくもって堂々としたものだった。

彼女たちは売文社を見張る刑事たちの姿を見ても、怖がるようすもない。それどころか、自分の方から声をかけて「あんたたち、こんなところで油を売っているひまがあるなら、ちゃんと仕事しなさいよ」と、政治家の汚職事件の記事が載った新聞を彼らの鼻先につきつけて小言を垂れる人まであるくらいだ。

思いもよらぬ光景に、ぼくは最初すっかり面食らった。何がどうなっているのかさっぱりわからず、混乱したが、そのうちふと、ある可能性が頭に浮かんだ。

（売文社に出入りしているのは、世間で「新しい女」と評判の人たちなのではないか？）

という推理だ。

四年前の一九一一年（明治四十四年）九月一日。日本女子大学の同窓生が中心となって、女性だけで作られたはじめての女流文芸雑誌『青鞜《せいとう》』が創刊された。

創刊号には雑誌主宰者の一人、平塚らいてうさんによる、

元始、女性は実に太陽であった。真正の人であった。今、女性は月である。
私共は隠されてしまった我が太陽を、今や取り戻さねばならぬ。

という有名な宣言が掲載され、世の矛盾に悩む多くの女性に感銘を与えた。
『青鞜』創刊号にはまた、明星派の有名な女流歌人、与謝野晶子さんが、

山の動く日来《きた》る。
かく云えども人われを信ぜじ。
山は姑《しばら》く眠りしのみ。
その昔に於《おい》て
山は皆火に燃えて動きしものを。
されど、そは信ぜずともよし。
人よ、ああ、唯《ただ》これを信ぜよ。
すべて眠りし女《おなご》今ぞ目覚めて動くなる。

とことばを寄せ、表紙を飾る絵は、去年、欧州帰りの高村光太郎さんと結婚した長沼智恵子さんが描くなど、なかなか豪華な顔触れだ。

記念すべき創刊号一千部は売り切れとなり、『青鞜』はその後三千部まで部数を伸ばした。

女流文学のための文芸雑誌として創刊された『青鞜』は、世間の注目を浴びるにつれて「新しい女」が集まる場所と見られるようになった。

「新しい女」

というのは、それまで女性がしなかったことをあえてする人たちのことで、たとえば編集部の女性たちが「マントを着た」だの、「バーで五色の酒を飲んだ」だの、「吉原遊郭に見学に行った」だのといったことが雑誌に掲載された文芸作品以上に注目を集め、旧来の価値観をよしとする者たちの眉をひそめさせた。

『青鞜』に集まった女の人たちはしばしば世間の嘲笑を浴び、理不尽ないやがらせを受けた。

もっとも、彼女たちもあるていどの嘲笑や蔑視は最初から覚悟していたようだ。売文社には外国語の新聞を読み、外国の社会事情に通じた人が何人もいる。その人たちによれば、『青鞜』とは「ブルー、ストッキング」の訳語だそうで、ブルーは青、ストッキングとは何かとたずねると、「女の人用の西洋風の足袋《たび》のことだ」という答えが返ってきた。

「英国の首都ロンドンで、女流作家モンタギュー夫人のサロンに集まり、男とともに芸術、文学を論じた女性たちは、一般的な黒い靴下でなく、青いストッキングをはいていた。その話を聞いた誰かが『従来の枠をはみ出す者への恐れと嘲笑を受けて立つ』との心意気を示すために、あえて雑誌名にしたんだと思うよ」

と教えてくれた。

そして、ここまでくればもうおわかりのとおり、『青鞜』に集まる「新しい女」の人たちと売文社の「社会主義者」の人たちは、昨今世間的には〝同じ〟とは言わないまでも、似たような扱いを受けていたわけだ。

どちらも、いまの社会に見られるおかしな点を正し、多くの人がより住みやすい社会を目指している人たちのはずなのだが、何でこんなことになってしまうのか?

つくづく変な世の中である。

いずれにしても、世間からすでに爪弾《つまはじ》きにされている以上、いまさら世間体《せけんてい》を気にする必要はない。だから『青鞜』の「新しい女」の人たちは売文社に堂々と出入りしている――。

というのが、ぼくの推理であった。

ちなみに「推理」や「謎かけ」「謎解き」は、売文社の社長、堺利彦さんの数ある趣味の一つで、売文社にいると、知らず知らず堺さんの妙な口ぐせがうつってきてしまう。

結論から言えば、ぼくの推理は半《なか》ば当たり、半ば外れだった。

たしかに売文社には『青鞜』の関係者が少なからず出入りしていた。たとえば、平塚さんから最近『青鞜』の編集と経営を引き受けたばかりの伊藤野枝《のえ》さん。野枝さんは小柄な、黒目がちの、エネルギーの塊のような人だ。そのほかにも『青鞜』関係者が何人も出たり入ったりしている。

　一方で、『青鞜』とは関係なく、平気で売文社に出入りしている女の人たちが何人もいた。

たとえば、小口《おぐち》みち子さん。

　売文社ではじめて彼女を見かけたとき、ぼくは思わず目をしばたたいた。

（何でこんな人が売文社に出入りしているんだろう？）

と、正直、混乱したくらいだ。

　こんな人とはどんな人なのか？　ひとことで言うのは難しい。

　小口さんは、色の白い、目に力がある、意志の強そうな印象の人だ。けらけらとよく笑う、江戸前の美人でもある。そこにいるだけで周囲がぱっと明るくなる不思議な華《はな》のある人で、聞けば、平民社時代から――というから、十年以上も前から社会主義の集まりに顔を出している人らしい。

　十年余り前、最初は、えび茶袴《ばかま》をはいた女学生の記者として訪ねてきた。そうして、

「社会主義とは何です？　いったいどんな思想なのです？」

と、応対に出た者がたじたじとなる勢いで、まっすぐ、矢継《やつ》ぎ早に質問して帰っていったそうだ。当時は寺本みち子さんといったが、学校を出た後、映画関係の人と結婚して小口みち子さんになった。結婚後はしばらく姿を見なかったが、売文社ができ、「へちまの花」が創刊されたあたりから、またちょくちょく顔を出すようになった。いまは美容業界で仕事をしているやり手の職業婦人で、新しい美容液の開発にもたずさわっていて、業界では「結構顔が利く」

という話だ。

いまも、何がおかしいのかけらけらと明るい声で笑う小口さんを遠目に見ながら、ぼくは〝暗号事件〟をきっかけに親しくなった荒畑寒村さんにこっそりたずねた。

「小口さんも社会主義者なんですか？」

「彼女は社会主義者というわけではないのだがね」

荒畑さんは苦笑して答えた。

「義俠心が厚いというか、困った人がいると放っておけない性格なんだ。女傑《じょけつ》……ちがうな？　男前《おとこまえ》な人？　なんて言い方をすると、本人から『男女差別だ』と言って、たちまちやり込められることになるんだけど……なんというか、ちゃきちゃきの江戸っ子気質《かたぎ》？　これなら男女を問わない」

その日たまたま売文社を訪ねていた古くからの社会主義者で、いまは別の新聞社で記者をしている山口孤剣《こけん》さんも、小口さんを久しぶりに見て、

「最初に彼女を見た当時、僕は〝女学生というものはみんな祭日式の頬ぺたで、お芋《いも》を好む動物〟と定義を下していたものだから、みち子さんが馬鹿に綺麗《きれい》に見えたものだ。黒目がちの眼がキラキラと輝くようでね。ヴィクトル・ユーゴーがいう『ジプシーガールの眼』とはこういうものかと思ったものだ。うん。まったく、虚言《うそ》じゃない」

そう言って目を細めている。

小口さんは「へちまの花」第四号一面に顔写真つきで登場し、

「この女／賢婦たりえず／さらばとて／悪婦たりえず／うたてき女」

と自分で書いている。

「うたてき」は「嘆かわしい」という意味だそうで、やっぱり「女傑」「男前」といった言葉が相応《ふさわ》しい感じだ。

小口さんの知り合いで、『新眞婦人《しんふじん》』という雑誌を出している女の人たちが何人か売文社に出入りしている。

しかしまあ、売文社で一番よく見かける女の人といえば何といっても堺さんの奥さんの為子《ためこ》さんだろう。売文社の一階奥が堺さん一家の住居だから当然といえば当然なのだが、よく気がつく人で、事務仕事もこなせる。為子さんのいない売文社は考えられない。なくてはならない存在だ。

この春小学校を卒業して女学校に進んだ娘の真柄さんも、事務所に来て本を読んだり勉強したりしている。真柄さんは、路地奥に倒れていたぼくを見つけ、売文社の人たちに拾われるきっかけとなった、いわば命の恩人だ。頭があがらないのは仕方がないにせよ、挨拶をしてもぶっちょう面《づら》で、ぷいっとそっぽを向かれるのには閉口だった。「ぼくが何かしたでしょうか？」と堺さんにたずねると、「難しい年ごろだからな」と苦笑していた。何でも堺さん自身「おとうさま」と呼ばれていたのが、女学校に上がったとたん「お父さん」とよそよそしく呼ばれるようになってとまどっているそうだ。売文社の社内を、大きな赤いリボンが蝶々のように行ったり来たりしているのは不思議な感じである。

その他、売文社の二階組の一人、橋浦さんの妹のはる子さんも最近ちょくちょく事務所に顔を出して、真柄さんと何やらこそこそと話しこんでいる。

売文社社内の普段のようすはだいたいこんな感じだ。危険な社会主義者の巣窟――というと、むくつけき男ばかりが陰気に仕事をしている――どうかするとみんなで爆弾をこさえているような想像をするかもしれないが、どうしてどうして、毎日誰かしら女の人の明るい笑い声が聞こえる、存外にぎやかで、華《はな》やかな職場だった。

ところが。ところが、である。

数日前から売文社の社内に妙な雰囲気がただよっていた。

事務所の隅に女性ばかりが何人も集まり、額を寄せて何やらこそこそと小声で秘密の相談をしているのだ。男性陣がうかつに近寄ろうものなら、彼女たちはぴたりと口を閉じ、いっせいに顔を向けて、じろりと怖い目で睨まれる。その場でぐずぐずしていようものなら「しっ、しっ」と野犬かなにかのように追い払われた。

事務所に出勤した男の人たちは、社長の堺さんを含め、みな首をかしげ、腕組みをして、遠巻きに眺めるばかりだ――。

気がつくと、堺さんがぼくに向かって手招きをしていた。「社長」と冗談のように書いた三《さん》角錐《かくすい》を置いた机の前に立つと、堺さんはなおも手招きする。仕方がないので机をぐるりとまわりこみ、顔を寄せると、堺さんは囁《ささや》くような小声で、

「どうなっているのか、きみ、ちょっと行って見てきてくれないか?」と言う。

ぼくは思わず、自分の鼻の頭にひとさし指を押し当てた。

「ぼくが、ですか？」

「うん。彼女たちがいったいどんな恐るべき陰謀を企んでいるのか、スパイしてきてくれたまえ」

ぼくは背後をふり返った。……そんなことをしたら身ぐるみはがされかねない雰囲気だ。

ところが、堺さんは、さも当然といった顔つきで、

「だって、こんなことになったのはそもそもきみが原因だろう？」

と言われて、ぼくは反論する言葉が見つからなかった。


発端は数日前。ぼくが売文社宛に届いた郵便物を仕分けしていたときまで遡《さかのぼ》る。

手紙のなかに一通、

「売文社女性担当様（必ず女性の方に開封願います）」

と書かれたものがあった。

ぼくが知るかぎり、売文社に「女性担当」はいないので、どうしたものかと思案していると、そこへちょうど小口さんが通りかかった。ぼくが困った顔をしていることに気づいた小口さんは、つかつかと歩み寄り、手紙の表書《おもてがき》を一目見て、即座に事情を理解したらしい。

「わたしが開封してあげる」

そう言って、ぼくの手から封筒を取りあげた。

「困ります。売文社宛の手紙なので……」

「あらっ。わたしだって、売文社特約執筆家の一人よ」

と小口さんは色白のきれいな顔に、にこりと笑みを浮かべて応《こた》えた。

小口さんは売文社の機関誌『へちまの花』に写真や文章を掲載している。そうした人たちを、売文社では「特約社員」もしくは「特約執筆家」――堺さんに言わせると〝売文社一味〟――と呼んでいた。

「売文社の人間で女性。ほら、条件にぴったりじゃない。これは、わたしが責任をもって預かるから」

小口さんの気《き》っ風《ぷ》のよさにぼくはすっかり呑まれ、そのまま封筒を渡してしまったのが――ことのはじまりだった。

事務所奥の丸テーブルで封筒を開け、中身を読んだ小口さんはたちまち難しい顔になった。周囲にいた女性たちに声をかけ、以来、女性たちだけで集まって〝こそこそと恐るべき陰謀を企んでいる〟事態になったというわけだ。

ぼくが原因と言えなくもない。

「ひとまず、奥様にたずねられてはいかがでしょうか？」

ぼくは思いついて提案した。

堺さんの奥さんの為子さんは売文社きっての事情通だ。何があっても動じない度胸の持ち主で、堺さんが入獄中は昼間は髪結い、夜は今川焼きを売って幼い真柄さんを育てた。売文社に集まる女性たちからの信頼も厚い。見たところ〝陰謀〟には加わっていないようだが、事情は知っているはずだ。

堺さんは苦笑して、実はもう聞いてみた、と言った。

同志は裏切れない。

それが為子さんの答えだったそうだ。

一方、堺さんの一人娘の真柄さんは〝陰謀〟の輪に最初から加わっている。為子さん以上に口が堅いことは容易に想像がついた。

「それなら……そうだ。添田君に探ってもらってはどうでしょう?」

ぼくは懸命に食いさがった。自称〝門番〟の添田少年は、年下ながら、ぼくよりずっと売文社での経歴が長い。歌がうまく、色白で、きれいな顔をしている添田少年は、売文社に出入りする女性たちからも好かれている。スパイにはうってつけだ。

そう主張したが、堺さんは首を横にふった。

「添田君は、調子がよすぎて信用がおけなくてね。あっという間にむこう側にとりこまれて、逆スパイを務めることになるのがオチだよ」

ぼくは眉をよせて一瞬思案し、それはまあそうかもしれない、と納得した。

「あの調子じゃ、むくつけき大人の男には話をしてくれそうにもない」

堺さんは、額を寄せて話し込む女性たちにちらりと目をやり、

「スパイ云々は、まあ冗談だ。きみにスパイは無理だ。行って、正面から聞いてみてくれたま

え。〝何か手伝うことはありませんか〟と言えば、むこうも無下《むげ》には断れないさ」

そう言って、どんっ、とぼくの背中を押した。


恐る恐る近づくと、小声で相談していた女性たちがぴたりと口を閉ざした。じろりと怖い目で注視され、全身縮みあがる思いだ。堺さんに言われたことを思い出し、

「えーっ、ぼくに何かお手伝いできることはありませんか？」

とたずねると、女の人たちは意外そうな顔になった。

「あなたに何ができるの？」

「人に負けないと自慢できることは何？」

「得意なことは？」

「わたしたちにできなくて、あなたにできることって何かしら？」

矢継ぎ早にたずねられ、ぼくは言葉につまった。得意なこと？　自慢できること？　彼女たちにできなくて、ぼくにできること？　そんなことがあるのだろうか？　頭が真っ白になって、何も思いつかなかった。

体をかたくし、顔を赤くして口ごもっていると、女の人たちの顔に失望の色がひろがるのが見てとれた。

「やっぱり男は使えないわ」

そう言って、そっぽを向く人もいる。

「ぼ、ぼくがみなさんより得意なものは……」とりあえず口をひらいた。「い、一里塚《いちりづか》、駆けっくら……くらい……じゃないでしょうか……」だんだん声が小さくなった。

一里塚駆けっくらを、ここで自慢してどうする？

われながら馬鹿げたことを口走ったものだと反省したが、ぼくを見る人たちのあいだで目配せを交わす気配があった。

「あなた、人より速く走れるの？」

大人びた口調でたずねたのは、堺さんの一人娘の真柄さんだ。

ぼくは勇気をふりしぼり、子供のころから一里塚の駆けっくらだけは負けたことがない、東京に出てきた当初は車夫になろうと思ったこともあるが、車夫になるにはむしろ車を曳《ひ》く腕の力が必要と聞いて諦めた。

といったことを、口ごもりながら話した。

座の中央に座る小口さんが隣の人に顔を向け、「こんなこともあるのね、いいんじゃないかしら」と小声で言うのが聞こえた。

こんなこと？　こんなこと、とはいったい何のことか？

混乱した頭で考えていると、小口さんがぼくを見て言った。

「いいわ、あなたには計画を手伝ってもらいましょう。これからあなたは、わたしたちの一員なので、そのつもりで」

「えっ？　はい。えっ？　一員？　一員というのはどういう……？」

真柄さんがぼくから視線をはずし、ぶっちょう面で口をひらいた。

「……これから先、途中で抜けられないということよ」

冷ややかな口調に、ぼくは思わずごくりと唾を呑みこんだ。

その二

その後の〝陰謀〟の打ち合わせは、場所を移して行われることになった。

女性たちがぞろぞろと売文社を出ていくあいだ、どうしてよいのかわからず、まごまごしていたぼくは、襟首をつかまれ、後ろ向きのまま外にひっぱり出された。

「売文社」と書かれた磨《す》りガラス付きのドアが閉まる瞬間、堺さんはぼくに手をふり、声は出さず、唇の動きだけで「頑張れ」と激励してくれた。何だか、これから頸《くび》をひねられにいく鶏《にわとり》にでもなった気分であった。

通りを歩くと、道行く人たちが足をとめ、もの珍しそうな顔でこちらを見る。無理もない、女性ばかり六、七人。そのなかに、男のぼくが一人、周囲をかこまれ、困惑した顔で歩いているのだ。逆の立場なら、ぼくもきっと足をとめて見物したにちがいない。

女性たち一行が向かった先は、日本橋にある「メイゾン鴻《こう》ノ巣《す》」という西洋料理店であった。

メイゾン鴻ノ巣は、日本にいち早く欧風文化をもちこんだハイカラなお店で、フランス料理に洋酒、さらにカクテルやポンチも飲めるとあって文学者や芸術家の人気を集めている。

有名な若手文学者の集まり「パンの会」が開催されていたのもこの店だ。会の名称となった「パン」はギリシア神話に出てくる牧神のことだが、例の「大いに逆さまの事件」のあとは、警察から「パンを求める労働者、社会主義者の集まりではないか」と疑いをかけられ、刑事が踏み込むという、嘘のような事件も起きたそうだ。

メイゾン鴻ノ巣は『青鞜』の編集部打ち上げや、大杉さんと荒畑さんが売文社とは別に出している雑誌『近代思想』の集まりでもよく利用されているらしい。少し前、『青鞜』の女の人が「五色の酒を飲んだ」と編集後記に書いて世間で袋だたきにあったのもこの店のカクテルで、その筋ではなにかと有名なお店である。そもそもぼくには、西洋料理やカクテル、ポンチを出す店なんて、それまで一度も足を踏み入れたことのない別世界だ。

言われるまま店に入り、指示された椅子に座る。白い布をかけたテーブルや、西洋風の洒落《しゃれ》た内装、窓にかかったレースのカーテン、暖炉にサモワアル、テーブルの上のガラスの花瓶や洋風に珍しく活けた花など、どれもみんな見たこともないものばかりで、きょろきょろと眺めていると、チン、チン、チン、と軽やかな澄んだ音がして、はっとわれに返った。

音がした方に目を向けると、小口さんが空のワイングラスとフォークを両手にかまえていた。フォークでグラスを叩いて音を出したらしい。合図ですら洒落た感じだ。

「それじゃ、作戦会議をはじめましょうか」

小口さんはそう言ったあと、ぼくに目を向け、

「本当は女性だけで進めたかったのですが、やむを得ぬ事情からこの方に参加してもらうこと

になりました。異議のある方は？」

と一同を見まわしてたずねた。

周囲をうかがうと、不満そうな顔をしている人はいるものの、あえて異議を唱える人はいないようだ。

「いいんじゃないの」と参加者の一人が言った。「前回の話し合いで、わたしたちが立てた作戦には克服できない弱点があることが判明したのよね。助っ人を一人入れることで作戦が成功するなら、その方がよいと思うわ」

「わたしも賛成」と別の一人が、品定めするようにぼくをじろじろと眺めながら言った。「背格好もちょうどいい感じだし、この人なら作戦にうってつけじゃないかしら」

この人なら作戦にうってつけ？　背格好もちょうどいい？　どういう意味だろう？　ぼくは首をかしげた。

「わたしは反対」

声をあげたのは、意外なことに、最年少参加者の真柄さんであった。

「一番危険な役割をわたしたち自身でなく、助っ人にやらせるのはどうかと思う」

危険？　危険なのか？

「でも、この人が自分から申し出てきたのよ。何でも手伝います。足が速いのが自慢だって」

「それはそうだけど……」真柄さんはぶっちょう面でぼくを見た。

「決《けつ》を採《と》りましょう」

小口さんが言った。

「賛成の人」

自分以外の全員が手を挙げたのを見て、真柄さんは肩をすくめ、渋々手を挙げた。

かくしてぼくは、女性たちの〝恐るべき陰謀作戦の一員〟となった。

「他言無用」

と天地神明にかたく誓わされたあと、ぼくはようやく事情を打ち明けられた。

先日、小口さんがぼくの手から取りあげた「売文社女性担当様（必ず女性の方に開封願います）」と表に書かれた手紙には、次のような内容が記されていたという。

手紙の差出人である女性は——ここでは仮にAさんとしておこう。

Aさんは、神奈川県M郡K村の裕福な農家に四人きょうだいの長女として生まれた。尋常小学校では優秀な成績をおさめ、進学を望んだが、親に「女に学問はいらない」と言われて、その後は家で子守や畑仕事など家事の手伝いをしていた。ところが十八になったころ、長兄が成金業者に騙され、実家が没落。実家の困窮を救おうと奔走しているAさんに、アメリカへの出稼ぎの口がもちかけられた。

アメリカに渡って働けば日本では考えられないような労賃が得られる。アメリカ移民は、みんな実家に大金を仕送りして、家族に喜ばれている——。

「渡航費用はお貸しします。ただし、この件は例外中の例外ですので、ほかの方にはどうかご内密に」

という仲介業者の巧みな口車に乗せられ、Aさんは横浜からアメリカ行きの船に乗った。

船の中では移民仲間が大勢いて心強かった。ところが、アメリカ西海岸シアトルに着いたとたん、Aさんを含めて何人かの女性が検査名目で別にされ、連れていかれた先はアメリカの娼館だった。

これは何かのまちがいだ、こんな話は聞いていない、と懸命に訴えたが、

「まちがいではない。あなたはここで働く契約書類に自分でサインしている」

そう言って差し出された英語の書類を見て、Aさんは青くなった。乗船直前、仲介業者の男から「すみません、うっかりしていて重要な書類に名前をもらうのを忘れていました。この書類がないと、船がアメリカに着いても上陸できません。ここに、名前を書いて下さい」と急《せ》かされるまま、内容を確かめずに名前を書いた——。

「契約に違反すれば、多額の賠償金をあなたの実家に要求することになるが、それでもいいか」

そう脅《おど》されて、泣く泣く苦界《くがい》に身を沈めることになった。

その後、お客として来た日本人の新聞記者から「そんな契約は無効だ」と教えられたAさんは、一念発起して娼館を逃げ出した。最初に目についたキリスト教教会に駆けこみ、洗礼を受け、キリスト教に入信して、そこで匿《かくま》ってもらった。

昨年、Aさんは向こうで知り合った日本人と結婚し、それを機に日本に戻ってきた。東京に

住み、自分の過去を知らない人たちのあいだでひっそりと暮らしている……。町中《まちなか》である男とすれで、話というのはここからだ。先日、所用で横浜に出掛けたAさんは、ちがいざま、あっ、と小さく声をあげた。自分を騙してアメリカの娼館に売り飛ばした仲介業者の一人だった。男は若い女の人を連れていて、独特の口調や猫なで声に聞き覚えがある。男の手首にちらりと覗いた特徴のある刺青《いれずみ》にも見覚えがあった。

Aさんはそのとき帽子とベールをかぶっていた。相手が気づかないのを幸い、Aさんは男の後をつけ、横浜駅から少し離れた「横浜米国人材仲介所」と看板を掲げた事務所に入っていくところを確認した。近くの小間物屋に入ってそれとなくたずねたところ、最近新しくできた〝口入屋《くちいれや》〟で、評判もよいという……。

そのあたりで、テーブルに料理が運ばれてきた。〝魚のソテー、何とか風味〟。一度もお目にかかったことのない料理で、どうやって食べるのかさえわからない。

あとは自分で読んで、と言われて小口さんからまわってきた手紙の後半は、

「わたしには、どうにも怪しく思えてなりません。おそらく彼らは通常の職業斡旋《あっせん》もしているのでしょう。わたしのときもそうでした。けれどその一方で、彼らはいまもこれと目をつけた女性には変則の契約書に名前を書かせて、米国の娼館に売り飛ばしているのだと思います。

彼らがどうやって表の顔と裏の顔を使い分けているのか。残念ながら、わたし個人ではこれ以上調べがつきません。わたしが向こうに気づいたように、顔を見られれば、向こうもわたしだと気づくはずです。売文社のみなさま、わたしのような犠牲者をこれ以上出さないよう、ど

うぞお力をお貸し下さい」

といった具合につづいていた。

手紙を読みながら、ぼくは途中、何度か自分の顔が赤くなるのを感じた。田舎から出てきたぼくには刺激が強い内容だ。しかし、それを言うなら——。

(真柄さんはどう思っているのだろう?)

ぼくは上目づかいに、大きなリボンをつけた真柄さんのようすをうかがい見た。

真柄さんはこの春、築地小学校を卒業し、私立成女高等女学校に通いはじめたばかりだ。

小学校卒業後、真柄さんは成女以外の希望するどの女学校からも入学を拒否された。「社会主義者の娘だから」という理由でだ。

真柄さんは幼いころから、さまざまな理不尽な思いをしてきた。それまで仲良く遊んでいた友だちが、ある日急に「お母様があなたと遊んじゃいけないって言うの」と、ひとこと残して立ち去ったり、近所の男の子から「やあい、社会主義者」と言われて石を投げられたり、校庭で突然「社会主義者はあっちへ行け!」と突き飛ばされたこともある。

あるとき真柄さんは、意を決して、父親の堺さんに「社会主義者とはどんな人なのか」とたずねた。堺さんは、幼い真柄さんの顔をまっすぐに見て、こう答えたそうだ。

——弱きを助け、強きを挫《くじ》く者のことだ。

真柄さんは、なるほど、と思ったそうだ。

社会主義者とは講談に出てくる主人公のような人のことなのだと納得し、それ以後は友だちや近所の子からいくらいじめられ、からかわれても泣かずに帰ってくるようになったという。

　実際に平気だったわけではあるまい。

　堺さんの答えは、まちがってはいないだろうが、そんな簡単なものではない。そのことは、小学生の真柄さんにも察することができたはずだ。真柄さんはむしろ父親の言葉を支えに、世の人々の心ない嘲笑や迫害に耐えていくことを決めたのだ。

　真柄さんはときどき、驚くほどませた物言いをする。それでも、女学校に入学したばかりの十二歳の女の子が「娼館」「売笑窟」「苦界」「日陰者」といった言葉を聞いて、いったいどう感じるのか、ぼくにはちょっと想像がつきかねた。

　ぼくは読み終えた手紙を小口さんに返したあと、恐る恐る口を開いた。

「この件はやはり、堺さんや売文社のほかの男の人たちにも相談した方がいいのではないでしょうか？」

　相手がどんな連中か知らないが、売文社に集まっているのも一筋縄ではいかない人たちだ。みな一度か二度は刑務所に入っていたことがあって、そのせいか怪しげな裏社会の事情にも通じている。彼らならきっと、何かいい手を考え出してくれるはずだ。

　そう言うと、小口さんはきれいに切り分けた料理を口に運ぶ手をとめることなく、

「あの人たちは駄目よ」

　と、一刀両断、ぼくの提案を切って捨てた。

「考えてもみなさい」小口さんの隣に座った女の人がフォークを手にしたまま、ぼくを見て言

った。「売文社の男の人たちが動くと、尾行の刑事も必ずあとについてまわるのよ。動きが全部、官憲に筒抜けになるわ」

「最近の新聞にも、政治家と成金業者の癒着問題が出ていたでしょ。新聞に出ているのなんて氷山のほんの一角よ」と別の人が眉を寄せて説明してくれた。「何年か前に日本からアメリカへの移民が制限されたことで、逆にアメリカへの出稼ぎには裏で凄いお金が動くようになったの。下っ端の尾行刑事が報告書を上にあげたとたん、たちまち問題の人材仲介所――愛想のよい口入屋が表の顔で、裏の本業は人買い――要するに女衒《ぜげん》業で大儲けしているあの連中に情報が行くのは、火を見るより明らかだわ。ダメよ、ダメ。この件で売文社の男連中を動かしたら、悪い奴らはたちまち雲隠れしてしまうわ」

　ぼくが売文社に居候するきっかけになった事件――成金工場主をやっつけたようなやり方では駄目ということだ。

「相手に気づかれる前に、動かしがたい証拠を何としてもつかまなくっちゃ」

　そう言って盛りあがる女の人たちを見て、ぼくはようやく自分がなぜ彼女たちに選ばれたのか、その理由に思い当たった。

　社会主義者は尾行がついて一人前と言われる。役に立たない居候として売文社のなかをうろちょろしているぼくには尾行はつかない。警察もそこまでひまではない。

　半人前だからこそ使える。

　そう思われたわけだ。喜ぶべきか悲しむべきか、悩むところだ。しかし――。

相手に気づかれる前に動かしがたい証拠をつかむ？

いったいどんな作戦を考えているのか？

ぼくの問いに、女の人たちは顔を見合わせ、目配せを交わした。

「どうする？」

「まあ、いいんじゃない」

「見せてあげたら」

「毒を食らわば皿までよ」

と、小声で意味不明のやりとりがなされたあと、別の手紙がテーブルの上をまわってきた。

「何日か前に『青鞜』と『新眞婦人』の編集部宛にこんな手紙が届いたの」

面白がるような表情を浮かべた女の人たちに促され、ぼくは封筒から手紙を取り出した。

恐ろしく下手な字で便箋に書かれていたのは、こんな文章だ。

「汝等女《なんじら》は偏狂にしてヒステリイ的なる思想をもって、社界や国家を破壊せんとする者たち也《なり》。

因《よ》って汝等を左の方法によりて全部殺すべし。

我等《われら》党員は紳士に化し、田舎漢に化し、オールドミスに化し、令譲に化し、商人に化し、車夫に化し、学生に化し、その他あらゆる人に化して、電力により、魔睡剤により、腕力により、短銃その他において、必ず殺害をまっとうすべし」

手紙の末尾に「ホワイトキャップ党」とある。

ぼくは便箋から顔をあげ、小口さんにたずねた。

「警察には届けたのですか？」

「届けてないわよ。なぜ？」

「なぜって……。これ、殺害予告状ですよね？」

女の人たちはふたたび顔を見合わせ、ぼくを哀れむように苦笑した。

あのね、と小口さんがぼくに顔を向けて言った。

「このくらいの脅迫状は『青鞜』や『新眞婦人』の編集部にはしょっちゅう届いているの。いちいち警察に届けていたんじゃ、忙しくて仕事にならないわ」

殺害予告が、しょっちゅう届いている？

啞然としていると、小口さんは形のよい眉を寄せ、

「誤字だらけ、文法もまちがっている。だいたい電力による殺害って何よ。どうせ田舎の中学生あたりが書いたものでしょうよ。いたずらに決まっているわ。こんなものを届け出ていたら、いい笑いものにされるだけよ」

「だけど、万が一ということも……」

「それはいいの」と小口さんは軽く手をふって、ぼくの言葉をさえぎった。「もしわたしたちの誰かが殺されたら、警察が犯人をつかまえてくれるでしょう。それは警察の仕事。この手紙をあなたに読ませた理由は別にある。こんな手紙を送ってくる奴が『紳士に化し、田舎漢に化し、オールドミスに化し、令嬢に化し、商人に化し、車夫に化し、学生に化し、その他あらゆる人に化して』と書いているのよ。どう思う？」

どう、と言われても、返事のしようがない。

「こんな奴ができるのなら、わたしたちにもできるはず。そうは思わない？」

ぼくにはやはり何のことかわからず、首をかしげていると、ねえ、と別方向から声が飛んできた。

ふり向くと、真柄さんがぼくを見ていた。きれいに食べ終えた料理の皿の上にナイフとフォークが並べて置いてある。

「あなた、バーナード・ショウの『ピグマリオン』って知ってる？」

眉の上でまっすぐに髪を切り揃《そろ》えた真柄さんからそうたずねられた瞬間、ぼくはなぜか背筋にぞっと寒気を覚えた。

気がつくと、その場にいる全員の視線がぼくに集まっていた。

ぼくはごくりと唾を呑み込んだ。

いやな予感がした。

なんだか、とてつもなくいやな予感がした。

その三

それから、真柄さんがぼくに説明してくれたのは以下のような話であった。

先日、英国人劇作家バーナード・ショウの最新作「ピグマリオン」のあらすじが『生活と芸術』という雑誌に紹介された。

翻訳したのは堺利彦さん。売文社創設者にして社長、真柄さんの父親である。皮肉屋として知られるバーナード・ショウは、堺さんお気に入りの海外作家の一人だ。

物語の幕開けは英国の首都ロンドン。

コヴェント・ガーデン広場を馬車が右に左に行き交うなか、花売り娘の声が聞こえる。

「だんなア、花ア一つ買ったっておくんなセーな」

娘は二十歳ばかり。器量は悪くないのだが、服装がまずいのと、言葉づかいで、すぐに下層階級出の貧乏人だと見てとれる。英国は日本以上にはっきりとした階級社会だ。

「だんなア、花ア一つ買ったっておくんなセーな」

娘の名はリザ・ヅーリツル。言葉がぞんざいなせいか、彼女の呼び声にふり向く者はほとんどいない。

そこへ、二人の紳士が通りかかる。ヒッギンズ教授とピッカリング大佐。二人は言語学者である。

足をとめ、花売り娘の言葉を手帳に書き留めたヒッギンズ教授は、ピッカリング大佐に、

「どうです、こんな言葉を使うやつでも、ぼくが四か月も教え込めば、外国大使の園遊会に行って必ず侯爵《こうしゃく》夫人として通用させてみせるのですがね」

「本当かい？　よし、それじゃ賭けよう。君が本当にその実験をやるなら、私がいっさいの費用を出すというのでどうかね」

二人のやりとりを聞いた花売り娘のリザは、自分から「アタイも貴婦人とやらになってみたい。ぜひともその言葉を教えてくれ」と申し出る。

ヒッギンズ教授は彼女を研究室に連れて帰り、言葉の訓練をはじめる。発音と発声。それだけでなく、食事のマナーを教え、タクシーにも乗せ、指輪やきれいな着物も買ってやる。

四か月後。二人の男に伴われて園遊会に出席したリザは、ヒッギンズ教授の教えを忠実に守って、いろいろと話をする。ときどき妙なことになるが、そこがまた最近流行の話しぶりだということになって、かえって大いに喝采を博する。上流階級の若者のなかには〝ヅーリツル令嬢〟にすっかり心を奪われ、恋をする者まであらわれる。

実験は大成功。三人は馬車に乗り、揃ってヒッギンズ教授の家に戻ってくる……。

「物語はもう少しつづくのだけど、ここから先は今回のわたしたちの作戦とは関係がない」

真柄さんはそう言って、物語のあらすじ解説を打ち切った。

途中から身を乗り出すようにして聞いていたぼくは、鼻先でぴしゃりとドアを閉められたような感じで、どうにも気持ちが悪い。

バーナード・ショウの名前は、それまでも売文社で何度か聞いたことがあった。堺さんが命名したという例の「大いに逆さまの事件」のさい、

「見よ、日本はいまや明らかに欧米列国と並ぶ文明国となった。その証拠に十二名の無政府主義者を死刑にしたではないか」

と反語的表現で日本政府を痛烈に批判した人だ。

彼自身、社会主義的考えの持ち主でもあり、別の作品では強盗と貴族に「強盗は道行く人から金品を奪うだけだが、貴族はすべての農民から奪えるだけ奪っている」と会話させ、最終的に「われわれは同業者だ」と握手させている。

ぼくにローマ字を教えてくれた荒畑さんは、最近『ショウ警句集』という本を出した。そこには、

――人間は最高の山頂までも攀登《よじのぼ》れるが、然《しか》し、其処《そこ》に永くは住めない。

といった世の中を斜《はす》に見た皮肉な警句がずらりと並んでいて、純情一途な荒畑さんなどは「翻訳していて、ちょっといやになった」とぼやいていたくらいだ。

人を食った冗談を好む風刺作家、一筋縄ではいかない天下の皮肉屋、それでいて英国を代表する一流の劇作家。

肩書自体が逆説に満ちている。

しかし、バーナード・ショウの最新劇作がなぜここで話題になるのか？　堺さんの翻訳が最近雑誌に載ったからだけとは思えない。

恐る恐る周囲を見まわすと、食事を終えた女性たちはみな妙に澄ました顔で紅茶を飲んでいる。ぼくの方はわざと見ようともしない。

ぼくはある可能性に思い当たって、えっ、と声をあげた。

いや、しかし、まさか、いくらなんでもそんなこと――。

「そういうことよ」

と、真柄さんがぼくの頭のなかの考えを読んだように口をひらいた。

「今回の作戦では、あなたにピグマリオンをやってもらう。いいわね？」

真柄さんの言葉が終わると同時に女性たちがカップを置き、ぼくに向かっていっせいにニコリと笑いかけた。

ぼくは――恐ろしさのあまり、危うく椅子から転げ落ちるところであった。


堺さんにようすを見てきてほしいと頼まれたときからただでは済まないと思ってはいたが、まさかこんなことになるとは予想もしていなかった。

それからぼくは、「メイゾン鴻ノ巣」の別室に連れていかれ、身ぐるみはがされたうえに、寄ってたかって女物の着物に着替えさせられるという、とんでもないめにあった。

「両手をあげて。そうじゃない、脇を開けるの」

「帯はもっと高く締める」

「馬鹿ね。女物だからといって左前に重ねる必要はないのよ」

「歩き方はすり足の要領で」

「それじゃ、しゃべってみて」

「あー、だめだめ。声はもっと高く出す」

「顔は伏せたまま。上目づかいに」

などなど。

バーナード・ショウ作「ピグマリオン」は下層階級の花売り娘が貴婦人に成り済ます話だ。

一方、売文社の女性たちの計画は、男のぼくを〝お金に困ってアメリカに出稼ぎを希望する若い女性〟に化けさせ、怪しい人材仲介会社が裏で行っている移民人身売買の証拠を押さえるという、何とも無茶な作戦であった。名付けて「怪しい人材仲介会社から女性を守る大作戦」。長いので、略して「怪人大作戦」……。

「化粧をするから目を閉じて」

成り済ましの最後に、白粉《おしろい》をはたかれ、口紅を塗られた。恐る恐る目を開けたぼくは、差し出された手鏡を見て、うへぇ、と我ながら情けない声をあげた。

いくらなんでもあんまりだ。これでは「怪人作戦」の意味がちがっているのではないか？

「化粧がちょっと濃すぎたわね。失敗、失敗。やり直しましょう」

小口さんは笑いながら、ぼくの顔をごしごしとこすって化粧を落とした。周囲の女性たちもぼくを指さし、腹をかかえて笑っている。あちこちで帯がきゅうきゅう鳴って苦しそうだ。

失敗も何も、小口みち子さんといえば美容界では名の知れた職業婦人なのだ。絶対わざとに決まっている。恨めしげなぼくの視線に気づくと、小口さんは「ごめん、ごめん」と言って、いたずらを見つかった子供のようにぺろりと小さく舌を出した。このあたりが、売文社の男の人たちから絶大なる人気を誇るゆえんだろう。

化粧をやり直すあいだ、真柄さんがぼくの隣に来て作戦概要を説明してくれた。

例の「女性担当様」宛の手紙が届いて以来、売文社に出入りする女性たちはひそかに「怪人大作戦」の検討を進めてきた。そこへちょうど、別口でお金に困って出稼ぎを考えているという女性からの相談があり、事情を話して協力してもらうことになった。彼女は——仮にSさんとする。

Sさんが何食わぬ顔で横浜の人材仲介会社に行って出稼ぎ移民の相談をすると、相手はさっそく食いついてきた。

「ご事情はわかりました。お金にお困りということであれば、今回は特別にうちで渡航までの費用はお貸ししましょう。アメリカへの移民に必要な面倒な手続きもこちらで引き受けます」

親切めかした顔でそう言うと、

「返済はアメリカで稼ぐようになってからで大丈夫です。なに、むこうで働くようになれば、お金なんてすぐに貯《た》まりますよ。心配はいりません。ただし、この件は例外中の例外ですので、ほかの方にはどうかご内密にお願いします」

と、見栄《みば》えのする担当の男性社員が最後に耳打ちをするところまで、売文社に送られてきたAさんの手紙の内容そのままだ。

移民手続きなどというものは、ほとんどの人にとっては生まれてはじめての経験だ。よくわからない手続きを引き受けてもらえるのはありがたい。しかも渡航費用まで特別に貸してくれるという。言われた方がついつい「こんなものなのかな？」と思っているうちに仲介業者の側でどんどん書類を用意し、手続きをして、気がついたら引き返せないところまで話が進んでいる。途中でやめようとしても、「困りますね。それじゃ、これまでにかかった費用を弁済してください」と高額の請求書をつきつけられる、といった流れだ。

Sさんが仲介業者から渡された契約書のひな型を『青鞜』や『新眞婦人』の人たちで確認したが、通常の移民契約書で、これといって怪しい点は見当たらなかった。そういえば売文社に届いた手紙でも「乗船直前に英語の書類に名前を書かされた。あれが人身売買契約書だったようだ」と記されていた。

乗船直前に「大事な書類を忘れていた。船が出るので急いで」と言って、娼館で働くことに同意する内容の契約書に名前を書かせる。契約書にサインした女性を船に乗せてしまえば、アメリカに到着したあと、どこに連れていかれるかは、契約書の内容次第だ――。

乗船直前が、人身売買の証拠を押さえる唯一の機会ということだ。

「そこで、あなたの出番というわけ」真柄さんは平板な口調で言った。

化粧中は動かないよう小口さんからきつく言われている。ぼくは目だけで反問した。尾行もつかない半人前のぼくに、いったい何ができるというのか?

「あなた、足が速いと言ったわよね?」

ぼくはかすかに頷《うなず》いてみせた。子供のころから駆けっくらだけは負けたことがない。

「乗船手続き開始直前に、あなたとSさんに入れ替わってもらう。入れ替わりの方法についてはこちらで考えてあるから、心配しなくて大丈夫」真柄さんはまじめな顔で言った。「乗船前に名前を書くよう差し出された契約書を見て、そこに『prostitution』の一語が入っていたら、その契約書を引っつかんで一目散にその場を逃げ出す。それが、今回の作戦におけるあなたの役目よ」

「その、プロ……何とかというのは、どういう意味なのです？」

「〝prostitution〟。別の意味もあるけど、一般的には〝売春〟ね」と真柄さんは顔色ひとつ変えることなく言った。「アメリカは契約社会だから『この契約書に自分でサインしたのなら仕方がない』そう言われてしまうの。綴《つづ》りはあとで教えるから。ぱっと見て見つけられるよう、訓練しておいて」

ぼくは頭のなかで段取りを確認した。

乗船手続き開始直前に、ぼくはSさんと入れ替わる。

乗船までのあいだに「人身売買契約書」が出てきたら、それを引っつかんで逃げ出す。

ポイントは、証拠となる書類の現物を相手から奪うことだ。

相手はシラを切ることに慣れた連中だ。証拠がなければ、「何かのまちがいでしょう」と言ってごまかされてしまう。証拠書類の現物を押さえるしかない。

言われてみればたしかにそのとおり。文句のつけようのない作戦だが――。

「契約書に、もしそのプロ……何とかの文言がなかった場合は、どうするのです？」

「そのときはSさんともう一度入れ替わってもらうわ。Sさんはもともとアメリカに出稼ぎに行くつもりなのだから、何もなければそのまま船に乗ってもらえばいいのよ」真柄さんはそう言うと、目を細め、皮肉な口調でつづけた。「それともあなた、女の人に化けたまま船に乗って、アメリカに出稼ぎに行くつもりだったの？」

「そういうわけでは……」

「大丈夫。変な契約書がきっと出てくるから」

「よしっ、と。これでどうかしら？」

小口さんが手にした刷毛《はけ》を置き、手鏡をぼくに向けた。

手鏡を覗き見て、一瞬呆気にとられた。

鏡のなかのぼくはまるで女の人に見えた。自分自身、鏡に自分が映っていると思えないくらいだ。化粧でこんなに変わるものなのか？　さすがはプロの美容師さん――。これからは女の人の顔をそのまま受け取ることができなくなりそうだ。

小口さんの見事な化粧のおかげで、作戦に必要な〝見かけ〟は一応合格が出た。自分としてはひげがまだ生えてこないのを気にしていたのだが、今回はかえってそれが良かったらしい。

そこからがまた、大変だった。

ぼくは女性の言葉や仕草、立ち居振るまいを徹底的に教えこまれた。

「声をもっと高く出す。末尾に『だ』は使わない」

「喉仏《のどぼとけ》が見えるから、あごは常にひいて。上目づかい」

「笑うときは片手を口もとに。大口を開けない」

「だめね。ばれるから、大きな声ではしゃべらないで」

話し方について叱られるのはあるていど予想していたが、予想外だったのは服装の方だ。

普段ぼくが何げなく着ている男物と比べると、万事窮屈だった。何しろ動きづらい。着物の下が襦袢《じゅばん》と腰巻《こしまき》では、どうしても内股《うちまた》になる。体に巻きつくような着物では歩幅も狭くなる。なるほど、これでは速く走れない。駆け競《くら》べで一等を取るのは不可能だ。

やれやれ、とため息をついたぼくは、思いついて、

「最近の女子学生のように、袴《はかま》と靴にするというのはどうでしょうか？」

と提案してみた。

一時は本気で車夫になることも考えた足自慢のぼくでも、女物の着物のままでは速く走る自信がない。しかし、袴と靴の組み合わせならなんとかなるはずだ。

女性たちは呆れたように顔を見合わせ、

「袴をはいている女学生が、どうしてお金に困って出稼ぎになんか行くのよ」

と、ぼくの考えを一蹴した。

言われてみれば、それはまあそうである。

「つまらないことを考えてないで、さっさと女性らしい仕草を覚えなさい」

その後もいちいち喋り方や立ち居振るまいのまちがいを指摘され、「仕方ない。今日のところはこんなものでしょう」と言って解放してもらえた時分には、もはや口をきく元気もないほどぐったりと疲れ果てていた。

「では、みなさん。明日も朝からつづきをやるので、来られる人はお願いします」

と言う小口さんを、ぼくは半ば化粧の崩れた顔で見あげてたずねた。

「ぼくも、明日も、ですか？」

「そりゃそうよ」小口さんはぼくをふり返り、当たり前のように言った。「作戦の成否はあなたにかかっているんですからね。当然参加よ」

「いや、でも……ぼくの方にも都合というものが……。第一、堺さんになんて言えば……」

「お父さんにはわたしからうまく言っておくわ」真柄さんが横から口を出した。「あなた一人いなくったって、売文社は困りはしないから」

ひどい言われようだが、そのとおりなので何も言い返せない。

「それで、作戦決行はいつの予定なんです？」

「あら、あたしったら。肝心なことをまだ教えていなかったかしら？」小口さんはけらけらと笑いながら片手で口もとを押さえた。

質問の答えは、真柄さんが教えてくれた。

「作戦決行は明後日の夜、横浜港よ」

へっ？　明後日？

ぼくは目眩《めまい》を覚え、その場にへなへなと座り込んだ。

その四

「……大丈夫ですか？」

ぼくは可能なかぎり声をひそめてたずねた。

すぐ側に立った真柄さんが、ぼくをじろりと見あげた。薄暗がりに白目が浮かんで見える。

彼女がふいに眉を寄せ、くしゃりと顔をしかめた――。

わけがわからぬまま西洋料理店「メイゾン鴻ノ巣」に連れていかれ、女性になりきる訓練を受けた翌々日の夕刻。

ぼくは真柄さんと二人きりで狭い個室に閉じこもっていた。

誤解なきよう最初に断っておけば、ロマンチックな要素はかけらもない。

「怪人大作戦」（この略し方もどうかと思うが）決行中だ。女装したぼくと真柄さんがこもっているのは、横浜港近くにある「移民宿」の〝女性用ご不浄〟の一室で、真柄さんが眉を寄せ、顔をしかめた理由は、どこからともなく漂ってきた例の〝香《こう》ばしい匂い〟のせいであった。

移民宿は、移民希望者が滞在する横浜や神戸の港近くにある宿泊施設のことだ。

移民希望者には乗船までにやらなければならないことがたくさんある。旅券の取得、乗船チケットの購入、身体検査、予防接種、荷物の検査、消毒、その他あれこれ。何だかんだで一週間から十日ほどかかる。そのあいだの仮の宿というわけだ。

計画の段取りを聞かされたとき、ぼくが唯一抵抗したのが〝Sさんとの入れ替わり場所〟だった。移民宿の〝女性用ご不浄〟とは、いくらなんでもあんまりだ。どこか別の場所を考えてほしい――とゴネたが、人材仲介会社から目をつけられたSさんには〝お世話係〟がついて、彼女が途中で逃げ出さないようずっと見張っている。また、入れ替わったあとが長いと見破られる危険が高くなる。乗船手続きがはじまる直前、土壇場で入れ替わるしかない。

計画では、まず小口さんがSさんに面会を申し出る。華《はな》がある小口さんがけらけら笑って周囲の注目を集めているすきに、ぼくと真柄さんがこっそり移民宿にもぐりこんで女性用のご不浄の一室にこもる。機会を見て、Sさんと入れ替わる――。

「これよりいい案があれば教えて」

と言われて、ぼくはひとことも言い返すことができなかった。

かくしてぼくは真柄さんと二人で移民宿の〝女性用ご不浄〟にこもり、Sさんを待つことになった次第だ。

メイゾン鴻ノ巣で何度も段取りをおさらいさせられ、ダメ出しをくらい、ようやく計画に参加する女性たちから「まあ、こんなところでしょう」「何とかなるんじゃない」とお墨つきをもらった。準備は万全、あとは本番を待つばかり、と言いたいところだが、ぼくには一つ、大きな不安があった。

作戦の要点は、Sさんと入れ替わったぼくが乗船直前に差し出される書類を確認して、証拠となる違法な契約書を引っつかんでその場から逃げ出すというものだ。

最大の山場は〝逃げ出す瞬間〟だ。

これが問題だった。

ぼくは走るのは得意だが、荒事《あらごと》は大の苦手だ。売文社の人たちに拾われるきっかけとなった前の職場での揉めごとでも、逃げ出す間もなくさんざん殴られ、蹴られ、ほうり出されて、危うく死にかけたくらいである。

——いくら足が速くても、逃げ出す前につかまってはどうしようもないのではないか？

ぼくの質問に、作戦の主な立案者である小口さんは、

「心配しないで。相手は常習的に女性を騙してアメリカの娼館に売り飛ばしている連中よ。女の扱いには慣れている。そこを逆手《さかて》にとるの。大丈夫。計画どおり、きっとうまくいくから」

と自信たっぷりに断言した。

半信半疑のぼくに、真柄さんはそのときも、

「……その前に、あなたが男だとバレなければの話だけどね」

と、ぽつりと付け足した。

大丈夫、とは信じていないということだ。

真柄さんは、さっきからかすかに震えていた。

怖くないはずはない。

相手は愛想のよい人材仲介業者を装いながら、裏で卑劣な人身売買をやっているやくざだ。女衒《ぜげん》。羊の皮をかぶった狼。森鷗外の「山椒大夫《さんしょうだゆう》」である。

もし途中でバレたら、どんなことになるかわかったものではない……。

ぼくは、真柄さんが貸してくれた女物の帯に手を当てた。

「お守りだから」

作戦当日、真柄さんはそっけなくそう言って、ぼくに帯を差し出した。なんでも、例の「大

いに逆さまの事件」のさい、唯一女性として首をくくられた人が真柄さんに遺《のこ》してくれた一張羅の帯だという。

由来を聞いて逆に不吉な気がしないでもなかったが、真柄さんの生真面目《きまじめ》な顔を見て、ぼくは黙って差し出された帯を締めた。

真柄さんは自分用にもお守りを持ってきていた。

きれいな絵が描いてある子供用の傘だ。五年前、堺さんは監獄から出てきてすぐ、子供用のきれいな傘を真柄さんに買ってあげた。獄中からの手紙で「出獄できないときは、真柄が欲しがっていた傘を買ってやる」と約束していた堺さんは、

「真柄に『お父さんが出獄しなかった方がよかった』と思われたくないからな」

と言って片目をつむってみせたそうだ。

堺さんは約二年間、言い掛かりとしか思えない罪状で獄中に押し込められていた。二年間、幼い真柄さんと過ごせなかった。獄中で得た工賃一円三十銭をはたいて買った子供用の傘は、せめてもの埋め合わせのつもりだったのだろう。傘はその後、真柄さんのお守りとなった。

その傘を、真柄さんは持ってきている。

「大丈夫ですか?」

ぼくはもう一度声をひそめてたずねた。

「ここからはぼく一人で大丈夫ですので、真柄さんはもう戻られた方が……」

真柄さんは、しかし、きっぱりと首を横にふった。

「わたしの役目は、何か問題が起きた場合、Sさんをここから無事に連れ出すこと。逆に何もなければ、もう一度ここで入れ替わって、Sさんはアメリカ行きの船に乗る。どうなるか見届けるまで、戻るわけにはいかないわ」

「いや、でも……」

いくらしっかりしていると言っても、真柄さんはまだ十二歳の女の子だ。この春、女学校にあがったばかり。危険を押しつけるわけにはいかない。

真柄さんはぼくを見あげ、

「困っている人がいれば助ける。それが社会主義ってものでしょ」

と、低い声でぴしゃりと言った。

ぼくは見えない手で顔をはたかれた気がした。真柄さんにとっては、尊敬する父親、堺さんの言葉だ。いくら怖くても、困っている人を見捨てて逃げ出すわけにはいかない。そういうことだ。

しっ、と真柄さんはひとさし指を唇に当て、ぼくに静かにするよう指示した。女性用のご不浄に誰か入ってきたようだ。

トントン、トン……トントン、トン。

決めたとおりの合図で扉がノックされた。

そっとドアを開けると、そこにぼくと背格好の似た女の人が立っていた。Sさんだ。

ぼくが出るのと入れちがいに、Sさんが素早く個室のなかに入る。

最後にふり返ると、無言でうなずいてみせる真柄さんの真剣な顔が見えた。

――頑張って。

声には出さず、唇だけが小さく動いた。こんなところまで父親の堺さんに似ている。

ぼくは少しだけ気が楽になった。


頃合いを見計らって女性用ご不浄を出ていくと、入り口でSさんのお世話係の若い男が待っていた。

「おなかの具合はどうですか?」

若い男の口調はいかにも親身、かつ親切そうだ。一瞬、本気で心配してくれているのかと錯覚しそうになる。もっとも彼らにしても、この土壇場で具合が悪くなられては困る、という事情があるのだろう。

「乗船手続きは、このままできそうですか?」

相手の質問に、ぼくは顔を伏せたまま無言でうなずいてみせた。うかつにしゃべればしゃべるほど疑われるだけだ。ここは無言で押し通すにこしたことはない。

そのまま港に連れていかれ、艀《はしけ》に乗るための長い列に並ばされた。

「それじゃ、おれはここまでなんで。向こうに行っても、どうぞお元気で」

若い男はそう言うと、肩の荷を降ろしたようすで離れていった。

ぼくとしても、ほっと胸をなでおろす気分だ。

日が落ち、周囲が暗くなってきている時刻とはいえ、Sさんにずっと付き添っているお世話係の男には、疑われる可能性があった。少し具合が悪いことにして顔を伏せ、ほとんど口をきかない。これも女性たちが立てた作戦のうちだ。

第一関門は、なんとか乗り切った。

ここからが、いよいよ作戦本番である。

人の列が進み、いよいよ次がぼくの番となった。ここで何もなければ、おなかが痛いと言って、もう一度宿のご不浄に引き返し、再度Sさんと入れ替わる段取りだ。

そのとき、見慣れぬ中年男が慌てたようすで駆け寄ってきた。

「すみません！　うっかりしていて、重要な書類に名前をもらうのを忘れていました！」

人材仲介業者の男はそう言うと、

「この書類がないと、船がアメリカに着いても上陸できません。ここに名前を書いてください。さ、早く」

紙挟みに挟んだ英語の書類とペンをぼくに差し出し、書類の一番下の欄に名前を書くよう急がせた。

売文社に届いたAさんの手紙に書いてあったとおりだ。

乗船直前のこの状況で急に言われたのでは、内容を確認する余裕はない。英語で書かれた書類とあってはなおさらだ。

紙挟みとペンを受け取ったぼくは、横書きの書類に素早く目を走らせた。

英語の内容はわからなくてかまわない。予《あらかじ》め覚えておいた一つの単語を探すのが目的だ。

「だいたいこの辺《あた》りに書いてあると思うわ」という小口さんの言葉を思い出しながら書類に目を凝《こ》らした。

「何をしているのです？　さ、早く名前を」

男が脇から急《せ》かしてくる。

……prostitution……

あった。

「売春」を意味する英単語だ。この書類にサインすれば、アメリカの娼館で働くことを同意したことにされてしまう――。

顔をあげると、じれったそうに待っている男の顔がすぐ目の前にあった。ぼくはそのままさらに視線をあげ、男の背後を指さして、

「あっ！」

と大きな声をあげた。

男が反射的に、ぼくが指さす方向に顔をふり向けた。そのすきを逃さず、契約書を紙挟みから引き抜いて袂《たもと》に入れる。そうして、何ごとかとふり返った男の顔を紙挟みで勢いよくひっぱたいた。

「痛っ！」

男は声をあげ、手で顔を押さえた。

ここから走り出すまでが勝負だ。

ぼくは女物の着物の裾《すそ》をくるりと撥《は》ねあげた。着物の下には車夫の人たちのようなぴったりした股引《ももひ》きをはいている。

女の人たちに言われるまま、言われたことをするだけでは能がない。今回の「怪人大作戦」のために、ぼくはぼくなりに工夫を考えた。この股引きが第一の工夫だ。女物の長襦袢に腰巻のままでは、どうやったって速くは走れない。

手で顔を押さえた男が薄目を開け、ぼくの尻っぱしょり姿に一瞬呆気にとられたようすで目をしばたたいた。が、すぐに、

「この女《あま》、ふざけやがって！」

と、赤鬼のような形相《ぎょうそう》でつかみかかってきた。

慌てて走りだそうとしたが、背後から腕をつかまれた。力が強く、ふり払えない。

まずい。これで一巻の終わりだ。だから言わんこっちゃない……。

そう思った瞬間、男はもう一方の手でぼくの頭をつかんだ――正確には、ひさし髪に結った女物のかつらをつかんだ。

男が力を入れると、ぼくの頭からかつらがずるずると抜け落ちた。

「なんじゃ、こりゃ……」

男はぎょっとしたようにつぶやき、同時にぼくの腕をつかんでいた力がゆるんだ。

いまだ！

ぼくは男の手をふり払って、全速力で駆け出した。

ここで第二の工夫だ。石畳の港の地面は滑りやすい。そこでぼくは、最近売り出された裏がゴム製の草履《ぞうり》をはいてきた。ゴム底草履は、普通の草履と比べると格段に滑りづらい。さらに、かかと止めの紐《ひも》をつけた。以前、知り合いになった車夫のおじさんから教えてもらった工夫で、こうすれば草履が途中で脱げる心配がない。

異変を察した人材仲介業者の若い衆が何人か港の敷地にばらばらと姿をあらわした。行く手をさえぎられる前に、ぼくは全速力で彼らのあいだを走り抜ける。

「待て！」

「待ちやがれ！」

男たちが叫ぶ声が背後に聞こえた。何人か追いかけてきた者もあったようだが、すぐに気配が遠くなった。

そのまま全速力で予定の待ち合わせ場所に向かって走る。

やがて、前方に心配そうな顔で待っている女の人たちの姿が見えた。走ってくるぼくを見つけると、みんなでぼくを指さし、笑いながら大声で手招きしている。

女物の着物を尻っぱしょり、かつらは脱げ、股引き姿にゴム底草履をはいたぼくは、女の人たちからの大歓声で迎えられた。

生まれてこの方、ぼくはあんなに速く走ったことはなかった。あんなに歓迎されたこともない。これからも、たぶんないんじゃないかと思う。

その五

翌日。

三日ぶりに売文社に顔を出すと、堺さんはいたくご機嫌なようすであった。にやにやと口もとがゆるんでいるし、何やら鼻歌でもうたいだしそうな浮かれた雰囲気だ。

「何かあったのですか？」

ぼくは売文社に届いた郵便物を仕分けして担当者に届けながら、橋浦さんにこっそりとたずねた。同じ〝二階組〟だったこともあって、橋浦さんは売文社のなかでも比較的質問しやすい相手の一人だ。

橋浦さんは頭の後ろで手を組み、椅子の背にもたれたまま、「たぶん、昨日来たちょっと面白い依頼のせいだと思うよ」と教えてくれた。橋浦さんによると、昨日の郵便で、

――売文社に子供の名付け親になってほしい。

という依頼状が届き、料金として為替小切手一円と返信用の速達封筒が同封されていたという。

生まれた子供の命名依頼は、売文社設立以来初めての慶事だ。最近は、つまらない本の提灯記事や、鼻持ちならない自伝の代筆のような仕事ばかりで、すっかりくさっていた堺さんは「子供の名付け親」というめでたい依頼に喜び、〝以来、あのとおりご機嫌〟なのだという。

「依頼状にあった『子は男なれど、名は別に男らしくなくてもよろし』という一文が、ことのほか気に入ったようでね」

橋浦さんは器用に肩をすくめた。

半時《はんとき》ばかりあれこれ呻吟《しんぎん》したあげく、拵《こしら》えた名前が「野火《のび》」「真玉《またま》」「荒砥《あらと》」の三つ。

「『此中《このなか》でも野火というのが一番珍しくて善いように思います』と書き添えて、早速返信したみたいだけど……はてさて、依頼人が満足してくれますかどうか」

首をかしげた橋浦さんはやっとばかり体を起こし、机の上に辞書をひろげて英語の翻訳仕事にとりかかった。

ご機嫌至極の堺さんを遠目に眺めて、ぼくは内心ほっと安堵《あんど》の息をついた。

堺さんから、女性たちがどんな恐るべき陰謀を企んでいるのかスパイしてくるよう命じられていたものの、昨夕の出来事はあらためて説明するとなると、女装とか、いろいろ面倒なことになりそうなので、詳しい説明をしなくて済むならそれに越したことはない。それより――。

ぼくは売文社に届いた新聞各紙に掲載されている事件の報道に目を向けた。

昨夕、大歓声に迎えられたぼくは、息を切らしながら英語の書類を袂から取り出して、小口さんに渡した。隣にいた英語に堪能な何とかという人がその場ですぐに翻訳したところ、書類はやはり、ありもしない「前借り金」を返すために「アメリカでの売春」を約束させるものだった。しかも、人材仲介業者が売上の五割をはねるという酷《ひど》い仕組みだ。

確かな証拠とともに、女性たちは横浜と東京の警察、それに新聞各社にいっせいに届け出た。

この案件は時間との戦いだ。異変を察した連中が店を畳んで姿を消す前に、彼らの身柄を押さえなければならない。そこは抜かりなく、小口さんたちが事前に手配していたらしい。

結果として、作戦は大成功だった。

人材仲介業の裏で、移民希望の女性を騙して違法に人身売買をしていた連中は〝網を絞るように〟一網打尽にされた。どうせまた同じことをやる悪い奴らが出てくるのだろうが、今回はひとまずこれにて一件落着《いっけんらくちゃく》である。

新聞記事には作戦に参加した女性たちの名前はいっさい出ず、警察が独自に内偵を進めた結果とある。『青鞜』や『新眞婦人』の参加者には実家が名家の人もいて、彼女たちの名前が表に出ないようにするのも今回の作戦の重要な条件だった。

「野火。いい名前じゃない。わたしはそう思うけど」

ふり返ると、真柄さんが立っていた。

「首は大丈夫？」

と真柄さんからたずねられ、一瞬なんのことかわからず、自分の首に手をやった。

「小口さんが昨日言っていたでしょ。『明日になって首が痛くなるかもしれないわよ』って」

ああ、と、ぼくは思い出して小さくつぶやいた。

いくら足が速くても逃げ出す前につかまってはどうしようもないのではないか、というぼくの心配に対して、小口さんは、

――乱暴に女性を扱うことに慣れた連中は必ず女の髪をつかみにくる。

と断言した。

「女が髪の毛をつかまれたら、容易にふりほどけない。髪の毛をつかまれて頭を乱暴にふりまわされたら、体から力が抜けてしまう。気持ちが駄目になる。連中はそういったことを熟知しているの」

悔しそうな顔をした小口さんは、しかし、すぐに、

「今回はそれを逆手にとる。あの連中は必ずあなたの髪の毛を——実際にはかつらをつかみにくるはず。かつらが脱げ落ちたすきに逃げ出すのよ。いいわね」

自信たっぷりにそう指示した。

事実、そのとおりになった。ただし、頭をつかまれたときに首をひねっているかもしれない。

「明日になって首が痛くなったら医者に行くのよ」そんなことまで心配してくれた。

「大丈夫です。痛くないです」

ぼくは真柄さんにうなずいてみせた。

「なら、よかった」

真柄さんは無愛想にそう言うと、何ごともなかったかのように踵をかえした。

「待ってください」

ぼくは立ち去ろうとする真柄さんを呼びとめた。一つ、どうしても聞いておきたいことがあった。

作戦の説明として真柄さんが例にあげたバーナード・ショウの「ピグマリオン」についてだ。

「ピグマリオン」では、花売り娘が見事に貴婦人に成り済ます。その後彼女は、作戦の計画を立てた言語学者二人と一緒に家に戻って来る――。

というところまで話を聞いた。真柄さんはあのとき、

「この先は今回の作戦に関係ないから」

と言ったが、ぼくには花売り娘のその後が気になって仕方がなかった。彼らの〝作戦〟は成功したが、貴婦人に化けさせられた花売り娘はその後どうなったのか？　お役御免となった彼女は、元どおりの花売り娘に戻るしかないのだろうか？

ぼくがそんなことをたずねるあいだ、真柄さんは眉を寄せ、訝《いぶか》しげな顔をしていた。

質問を終え、答えを待った。

真柄さんはいつものぶっちょう面、三白眼《さんぱくがん》気味の目でぼくの顔をじっと見あげていたが、ふいに破顔し、

「馬鹿ね。作戦が成功したあと、彼らは友人になったのよ」

そう言って、にこりと笑った。

はじめて見る、真柄さんの素敵な笑顔だった。

第四話

小さき旗上げ、来《きた》れデモクラシー

その一

外出から戻ると、売文社の周囲がなにやら騒然としていた。

売文社の建物の前に大勢の人が集まり、入り口を遠巻きにうかがっている。

幾重《いくえ》にも人の輪ができて、押すな押すなの人だかりで容易に近づけそうにない。白昼《はくちゅう》何ごとかと足をとめる人もいて、そうするあいだにもやじ馬の数は増える一方だ。

人垣の背後に立って呆然としていると、後ろから、ぽんっ、と肩を叩かれた。

ふり返ると、荒畑さんが立っていた。売文社特約社員の一人で、さえない表情、あか抜けない格好は、これはまあ、いつものとおりだ。

首を巡らせると、少し離れた場所に大杉さんや橋浦さん——やはり売文社特約社員、社友、特約執筆家など、しょっちゅう呼び名が変わって覚えづらいが、要するに〝売文社一味〟の人たち——の姿も見える。

「どうしたんです？　いったい何があったのです？」

ぼくの質問に、荒畑さんは困ったような表情を浮かべた。事情を説明しようとしてくれたが、その前に集まったやじ馬のあいだから、おおっ、と低いどよめきが起きた。

ぼくは慌てて、爪先《つまさき》立ちするようにしてやじ馬の頭ごしに前方を覗き見た。

売文社の建物のなかから、社長の堺さんが出てくるところだった。両側を、鳥打ち帽をかぶった、目つきの悪い、一見して刑事とわかる男二人に挟まれている。

堺さんは白いシャツを腕まくり、背筋を伸ばし、胸を張って歩く姿は、こちらも普段どおり。一見憮然とした表情だが、よく見れば口元にはいたずらっぽい笑みが浮かんでいた。

大勢のやじ馬が固唾《かたず》を呑んで見守るなか、堺さんは目を軽く細めて周囲を見まわし、人垣の背後にぼくたちの姿を認めると軽く手をあげた。

「ちょっと行ってくる。あとは頼んだよ」

普段どおりの声でそう言って、さっさと通りを歩きだした。両脇の刑事二人が慌ててあとを追いかける。ちょっと見ただけでは、どっちが引っ張られているのかわからない光景だ。

堺さんの姿が角を曲がって見えなくなると、やじ馬たちは急に興味をなくしたようで、三々五々その場を立ち去り、結局、売文社の関係者だけが残された。

「さてと。それじゃ、僕らも社に戻るとしますか」

一人がそう言ったのをしおに、みな売文社の建物にぞろぞろと入っていく。

事務所に戻ったあとで、荒畑さんがぼくに事情を説明してくれた。

といっても、別段深い事情があるわけではない。半時ほど前、刑事たちがいきなり事務所に来て、

「売文社に、詐欺の片棒を担いで公金を騙し取った疑いがかかっている。責任者に話を聞きたいので、署まで一緒に来るように」

と有無《うむ》をいわさぬ口調で命じたのだという。

「所轄の京橋署とは『売文社は社会主義の普及活動はしない。その代わり、警察は売文社の商売の邪魔はしない』という、紳士協定を結んでいるはずなんだがね」

荒畑さんはくしゃりと顔をしかめて言った。

「あんなにやじ馬が集まったんじゃ、噂にならないはずがない。堺さんはどうするつもりなんだろう?」

「か、官憲の連中が、し、紳士協定など守るものか!」と大声で喝破したのは大杉栄さんだ。

「連中はそもそも紳士ではない。紳士でない連中と紳士協定を結ぶこと自体、ぐ、愚の骨頂だ。堺君もこれで目が覚めただろう!」

威勢のよい啖呵《たんか》に、事務所の人たちは顔を見合わせて苦笑を交わした。大杉さんが、堺さんの〝ぬるい方針〟に異を唱えるのはいつものことだ。しかし――。

詐欺の片棒?

最近、同じ言葉を聞いた気がする。

ぼくは首をかしげ、思い出して、あっ、と小さく声をあげた。

ことの起こりは一か月ほど前。

人当たりのよい青年が売文社を訪れ、こ、い、これ、い、これの計画があるので役所に提出する趣意書を書いてほしい、と仕事を依頼した。そのときたまたま手が空いていた堺さんが担当することになり、話を聞いたが、計画自体、海のものとも山のものともわからない、雲をつかむような話であった。どうにもつじつまが合わない、と思いながらも、堺さんは青年の話を一枚五十銭の通常料金で十二枚の趣意書の形式にまとめあげ、合計六円を受け取った。

それきりすっかり忘れていたところ、二日前の新聞に開墾事業その他に関する詐欺事件で容疑者が捕縛されたという記事が出た。提出された趣意書に則《のっと》って千円余りの公金が支出されたあとになって、計画自体が存在しないことが判明した。そもそも原野の区割り自体が存在せず、開墾計画も一から十まで架空であったという。お役所担当者が慌てて警察に届け出て、詐欺事件として立件された――という顛末《てんまつ》だ。

この記事を読んだ堺さんは、案の定と言うべきか、すっかり喜んでしまい、

「してみると、売文社は詐欺師の上前《うわまえ》を六円刎《は》ねたというわけだ。われらが売文社もなかなかエライものじゃないか」

と、おかしそうにからからと豪快に笑いながら、該当新聞記事を社内で得意げに見せてまわっていた。

あの一件を、警察は売文社の責任にしようというのか？

「堺さんは、何でもかんでもそれらしい文章にしてしまうから、こんなことになるんだ。ま、警察の方でもいつもの嫌がらせだと思うがね」荒畑さんは爪をかみながらそう言うと、「それより、きみの方はどうだったんだい？」とたずねた。

ぼくは、ええ、まあ、なんとか、と曖昧《あいまい》にうなずいてみせた。

「そうか、そりゃおめでとう……」荒畑さんは中途半端な口調でつぶやいた。それから、「そんなときに悪いんだが、ひとっ走り、この書類を東京法律事務所まで届けてきてくれないかな」

差し出されたのは「浅間山山麓原野開墾趣意書」と書かれた紙挟みだった。

売文社では必ず依頼案件ごとに書類をまとめて整理している。堺さんは大ざっぱなように見えて、案外几帳面だ。

「堺さんに面会に行く前にざっと目を通してほしい――。ハクシャクドノにそう言えばわかるから」

「ハクシャク、ドノ、ですか?」

紙挟みを受け取ったぼくは、聞きなれない単語に眉を寄せた。

「自称〝米国伯爵〟山崎今朝弥《やまざきけさや》君。アメリカ帰りの弁護士で、僕らの無料訴訟係だ。またの名を山崎ボロ今朝!」横から口を挟んだ大杉さんは、アッハッハ、と声に出して笑った。何だかよくわからないが、妙にうれしそうだ。ますます困惑するぼくに、

「山崎さんも売文社の社友、特約執筆家の一人だよ」と荒畑さんが教えてくれた。「しかし、そうか……。きみは伯爵殿に会ったことがなかったか」

頭をかきながら困ったようにつぶやき、隣にいた橋浦さんと顔を見合わせた。

「この季節だと、あれか」

「最初は、驚くかもしれませんね」

「そりゃまあ、驚くだろう。どうしたものかな?」

「僕が届けてきましょうか」

「だって橋浦君は急ぎの翻訳仕事があるだろう。……まあ、世の中、何ごとも勉強だ。ちょっと変わっているだけで、悪い人じゃないから」

二人は額を寄せて、何ごとかぼそぼそと相談していたが、

「それじゃ、暑いときに悪いんだけど、ひとっ走り頼んだよ」

というわけで、結局、ぼくにお鉢《はち》がまわってきた。


教えられた住所をたよりに「東京法律事務所」と書かれた看板を探し当て、受付で売文社の名前を出すと、すぐに事務所の奥に案内された。

おおむね奇人変人揃いの売文社の人たちが顔を見合わせて、「ちょっと変わっている」と言うくらいだ。あるていど覚悟はしていたつもりだったが、「山崎今朝弥弁護士」と書かれたドアを開けた瞬間、ぼくはその場に棒立ちになった。

褌《ふんどし》一丁で、あとは素っ裸の男が、正面の椅子の上にあぐらをかいて座っていた。

頭の先から足の先まで全身隈《くま》なく日焼けして、ことに顔など目鼻がわからないほど真っ黒だ。まるで炭焼き小屋から出てきたような具合である。

いくら暑い日だとはいえ、シャツ一枚羽織ることなく、裸で扇子を使っているこの人が、偉

い弁護士先生？　そんなことがあるだろうか？

ぼくは自分がまちがったドアを開けてしまったのではないかと思い、廊下に出て、もう一度ドアに書かれた名前を確認した。

「まちがっちゃいないよ」

部屋のなかから声が聞こえた。

ドアの陰から覗くと、真っ黒に日焼けした男の人が、細く吊りあがった目を顔の中心にきゅっと寄せるようにして笑っていた。色黒の、狐のような顔だが、笑うと意外な愛嬌《あいきょう》がでる。

「嘘だと思うなら、これをご覧《らん》」

日焼け男はそう言って、扇《あお》いでいた扇子の先で机に置いた分厚い本を指し示した。

『日本弁護士総覧』

表にそう書いてある。見るからに立派な作りの本だ。

恐る恐る近づき、しおりがはさんであった箇所を開くと、目の前に座る当人の写真が掲載されていた。

ほかの弁護士の人たちはみな羽織袴やフロックコートで正装しているなか、「山崎今朝弥弁護士」だけは上半身裸で腕組みをした姿である。

なるほど、これなら当人と見まちがいようがない。

素裸で腕組みをした写真と一緒に自筆の「経歴」が掲載されていた。ざっとこんな内容だ。

「山崎今朝弥君。姓は山崎、名は今朝弥。米国伯爵はその通称。明治十年、逆賊《ぎやくぞく》西郷隆盛の兵を西南に挙ぐるや、これに応じてただちに信州諏訪《すわ》に生まれる。幼くして既に神童。餓鬼大将より腕白《わんぱく》太政大臣に累進し、大いに世に憚《はばか》る。人民と伍《ご》して芋を掘り、車を押し、辛酸なめ尽くす。傍ら経済の学を明治大学に修め、不幸にして中途試験に合格し、官吏となる。久しく海外に遊び、欧米各国色々博士に任ぜられ、特に米国伯爵を授けらる。

明治四十年春二月、勢いに乗じて錦衣《きんい》帰朝《きちょう》、一躍ただちに天下の平弁護士となる。爾来《じらい》、頻《しき》りにふるわず。

天下泰平会、帝国言訳《いいわけ》商会、軽便代議士顧問部、上告専門所などは、みな君の発明経営するところ。惜しむらくは、君、元来《がんらい》ケチにして、やたらに金を出さず。組合東京弁護士事務所所属。事務所組合員五名。山崎君発案による本邦初の弁護士組合なり。」

……どこまでが冗談で、どこからが本気なのか、さっぱりわからない。

たとえば〝逆賊西郷隆盛の兵を西南に挙ぐるや、これに応じてただちに信州諏訪に生まれる〟というが、西郷さんの乱と山崎さんが生まれたことは、どう考えても、何の関係もない話だ。また、米国には日本や英国のような華族制度はないはずだから、「米国伯爵」も「腕白太政大臣」と同じく、単なる自称ということだろう。

そもそもの話、『日本弁護士総覧』に上半身裸の写真を載せ、ケチだの腕白太政大臣だの、こんな不まじめな文章を掲載してよいものだろうか？

どう反応してよいかわからず、啞然としていると、山崎今朝弥弁護士は、

「ちなみに〝欧米各国色々〟のあとはハカセではなく博士《ひろし》と読む」

と、鼻糞《はなくそ》をほじり出し、ニッと笑ってつけたりのように教えてくれた。それから急に尻をあげ、何をするかと思えば、ぶおぉ、と一つ屁《へ》を放《はな》った。

ここまでくればもはや何をか言わんやだ。

服装の無頓着ぶりにくわえ、行儀の悪さは無類。よくこれで弁護士が務まるものだ。

「きみは売文社のお使いか？」

ぼくが無言でうなずくと、山崎弁護士は、

「社会主義者無政府主義者その他何でも主義者の巣窟、社会のあぶれ者集団にして〝国賊〟売文社のお使いが、今回はまた、僕に何の用かな？」と平気な顔でたずねた。

ひどい言われようだが、山崎弁護士にかかると少しも悪口のように聞こえないのは不思議だった。さすがは売文社一味、大杉さんがうれしそうにするだけのことはある。

ぼくは気をとりなおして、褌一丁で椅子の上に座る変人、山崎弁護士に、堺さんが売文社から警察に連れていかれた事情を説明した。

山崎弁護士は、ぼくの話をふんふんとうなずきながら聞き、差し出した書類をぱらぱらとめくっていたが、話が終わるとすぐに立ちあがり、

「よし、わかった！　それじゃまずは、堺君のしょげた顔でも拝んでくるか」

次の瞬間には、ドアを開けて部屋から姿を消していた。

慌てて廊下に出ると、褌一丁のまま事務所を出ていく山崎弁護士のうしろ姿が見えた。

事務所の奥から、書生さんらしき人が飛び出してきた。

「先生！　山崎先生！　服を着てください！」

聞こえたはずだが、当の山崎弁護士はふり返りもせず、銀座の往来をすたすたと歩いていく。

「先生！　また、ほかの先生方《がた》に叱られますよ。せめてシャツだけでも……」

服と書類鞄《かばん》を抱えて山崎弁護士のあとを追いかける書生さんを、ぼくは呆気にとられて見送った。

これまでぼくが会った売文社の人たちはだいぶん変わった人が多いが、山崎弁護士は輪をかけて変人のようだ。

（あんな人に弁護を任せて、堺さんは大丈夫だろうか？）

ぼくは何だか急に心配になってきた。

その二

事情を聴くため、と言って連れていかれた堺さんは、そのまま警察に留め置かれ、裁判にかけられることになった。

裁判である。

どうしてそんなことになるのか、さっぱりわけがわからない。ところが、売文社の人たちは驚くでもなく、慣れたようすで「ああ、またか」といった反応だ。

これもよくわからない。

万が一、社長の堺さんが有罪判決を受けて懲役なんてことになったら、売文社はどうなってしまうのか？

そう質問してまわると、売文社の人たちはみな一様に、

「今回は山崎さんが担当なんだろう？　なら、大丈夫だよ」

と平気な顔で答える。

どうにもわけがわからなかった。

一度会っただけだが、山崎弁護士はぼくがこれまで会ったなかで、まずまちがいなく、とびきり一番の猛烈な変人だった。弁護士事務所で依頼人と会うのに褌一丁、そのまま服も着ないで往来に飛び出していくような人である。変人揃いの〝売文社一味〟のなかでも、あれ以上に変な人がいるとは思えない。弁護士事務所内でも、なんだか持て余し気味のようすだった。あんな人に弁護を頼んで本当に大丈夫なのだろうか？

その日の仕事を終えて、くつろいだようすで煙草を吸っている橋浦さんに遠まわしにたずねてみた。

「そうか、きみはまだ知らなかったか」

橋浦さんは煙草をもみ消しながら、「ああ見えて山崎さんは物凄く優秀な弁護士なのだ」と教えてくれた。

「ある意味、東京一、日本一の弁護士じゃないかな？　もちろん、ある意味で、だけど」

そう言って、ハハハとおかしそうに笑っている。

褌一丁で表に飛び出していったあの山崎さんが日本一の弁護士――と言われても、俄《にわ》かには信じることができない。眉を寄せているぼくに、不敬罪で捕まるまでは大学の高等予科に通っていたという橋浦さんは、数字を挙げて説明してくれた。

橋浦さんによると、山崎弁護士は最近担当した上告裁判で、民事刑事を問わず三割近い「一審破毀《はき》判決」を勝ち取っているという。

「三割の勝率じゃたいしたことないじゃないか――と思うかもしれないがね」

橋浦さんは、口もとに笑みを浮かべて言った。

「上級裁判所が一審を破毀するのは通常〝千三《センミ》ツ〟と言われるくらい珍しいことなんだ」

千に三つを、三割に。

山崎弁護士の勝率は、普通の弁護士の百倍ということだ。

通常では不可能なことを可能にする特異な弁舌と才能の持ち主――。

いいいい、ああ見えて山崎弁護士は、実は物凄く優秀な弁護士らしい。

とすれば、今度は別の疑問が頭に浮かぶ。

大杉さんは「僕らの無料訴訟係」と言って喜んでいたが、この御時世、社会主義者や無政府主義者の弁護を引き受けても、弁護士としてはよいことなど一つもないはずだ。実際、ぼくが法律事務所を訪ねたさい、受付で売文社の名前を出すと、周りにいた人たちがみな一瞬いやな顔になった。奥で「またか」と聞こえよがしにつぶやく人もあったくらいだ。

物凄く優秀な弁護士先生が、なぜ売文社の弁護を無料で引き受けてくれるのか？

橋浦さんは「さあ、なんでだろうね?」と首をひねり、「よくわからないけど、山崎さんは、人でも犬でも面倒な喧嘩や揉め事が大好きだから、それでじゃないかな」と言う。

ちなみに山崎弁護士は、堺さん大杉さんの二人と親交が深く、特に大杉さんとは家族ぐるみの付き合いだという。それを聞いてぼくは妙に納得する思いだった。


一週間後に開かれた堺さんの裁判を、ぼくは最前列で傍聴することになった。

売文社に開廷通知が届いたとき、「裁判なんて初めてだ」とつぶやいたぼくを周囲の人たちはすっかり珍しがって——というのも、みんな一度か二度は裁判で有罪になって刑務所に入っていた人たちばかりだったので——裁判がどんなものかこの機会に是非傍聴してくるといい、社会勉強だ、と寄ってたかって強く勧められた次第だ。

当日は、仕事が一段落したという荒畑さんに連れられて、ぼくは生まれて初めて裁判所のなかに足を踏み入れた。

普通に暮らしていれば、裁判なんて見る機会もない。

石づくりの裁判所の厳《おごそ》かな雰囲気に気おくれしつつ、傍聴席の最前列に座って、きょろきょろと周囲を見まわした。思いのほか人が多い。へえ、裁判を見にくる人はこんなにいるんだ、と感心していると、急に関係者が入ってきて裁判がはじまった。

——裁判なんて芝居の書き割りみたいなものだよ。大仰に見えるけど、そう見せているだけで実際は大したものじゃない。

来る途中、荒畑さんはそんなことを言っていたが、その段でいけば、今回の芝居の主な登場人物は裁判官と検察官、対するは弁護人の山崎弁護士と被告の堺さんの四人ということになる。

そう思って見比べると、弁護人の山崎さんの顔は真っ黒で、一方の若い検察官の顔は生まれてこの方日焼けなど一度もしたことがないように真っ白だ。服装は逆に、検察官が黒ずくめ。山崎さんは、今日はさすがに裸ではなく、胸もとに白の刺繍《ししゅう》をほどこした法服姿だ。まじめな格好をした山崎さんを見るのは、はじめてである。

最初に口を開いたのは、一段高いひな壇上に座った裁判長だった。

「開廷します」

木槌《きづち》を一つ打ち鳴らし、

「検察は、被告人の罪状陳述を」

と、検察に発言を促した。

若い検事が立ちあがり、罪状陳述を行った。

「本件被告人堺利彦は、住所不定無職の森崎和雄《もりさきかずお》（二十七歳）と共謀して公金を騙し取ったものである。罪状、詐欺罪。

以下が犯罪に至る被告人の行為です。提出書類甲第三号をご覧ください。

本年五月十五日。被告人は森崎より『浅間山山麓原野開墾計画』を装った公金詐欺の計画を相談されたさい、森崎の目論見が詐欺であることを知りながら虚偽の趣意書を作成して、これを森崎に引き渡しました。

被告人が作成した趣意書の写しが甲第九号書類です。

　ご覧頂いてわかるように、被告人が作成した虚偽の趣意書は巧妙かつ詳細を極めた実に悪質なものであります。かくのごとき悪質かつ巧妙な書類が存在しなければ、今回の公金詐取は必ずや未然に防がれたことでしょう。被告人が、本件の主犯森崎に対して計画を思いとどまるよう説得した気配はまったくありません。一方で、被告人が本件の分け前を受け取っていることからも、共謀の事実は明らかであります。

　よって検察は、被告人に対し、すでに逮捕され、有罪判決が出ている森崎和雄同様、詐欺罪の適用を要求します」

　そう言って着席した。

　次の発言者は山崎今朝弥弁護士。先日の印象とは異なり、法服姿で法廷に立った山崎さんはいっそ凜々《りり》しく見えるほどだ。どう反論するのか固唾《かたず》を呑んで見守っていると、山崎弁護士は首をひねりつつ、

「はてな。検察は、被告が社長をつとめる売文社について何もご存じないのであろうか？」

と、いかにも訝しげな顔で聞こえよがしな独り言をつぶやいた。

「被告人堺利彦は、世にも名高い要視察人――しかも、畏《おそ》れ多くもお上《かみ》から一等危険と目されている甲号要視察人であります。その意味するところは、一日二十四時間、税金で雇われた刑事一名もしくは二名が常時監視しているということであります。この裁判所にも被告を担当する係の刑事が二人、傍聴に来ておられる。お勤め、誠にご苦労なことであります」

山崎弁護士は慇懃《いんぎん》な態度でわざとらしく傍聴席をふり返り、隅の席に座った二人組の男に目礼した。

急に一座の注目を集めて慌てる刑事たちのことは放っておいて、山崎弁護士は法廷に向きなおり、手もとの書類に目を落として弁論をつづけた。

「さて。検察からは一言もありませんでしたので、被告が五年前に設立し、経営致したる売文社について当方よりあえて説明させて頂きます。

設立以来、同社では次のような営業目録を掲げております。

——論文、小説、記事文、手紙、趣意書、意見書等、各種文章どんなものでもお引き受けします。

要するに〝パンのためなら何でも書きます、書かせて頂きます〟というわけで、志もなにもあったものではない。実に品のない話であります。

これまでに売文社が引き受けた仕事でいえば、『専売特許大和箒《やまとぼうき》』や『にきび根治薬《こんじやく》エンジェル』、『ペンキ洗落《あらいおと》し新発明ソクセイ液』、某足袋屋《たびや》の広告文案といった辺りが似合いなものでしょう。逆にもっとも不似合いなものとしては、明治天皇崩御のさいに注文が殺到した奉悼文の代作が挙げられます。ちなみに、売文社では明治天皇奉悼文十通以上を代作しているのであります。

金の無心の手紙の代筆を頼みに来る者があるかと思えば、逆に借金取り立ての手紙代筆、学術論文の代筆も引き受けております。下《しも》は女学生から、上《かみ》は帝大学士様の卒業論文まで。よくもまあこんなにでっちあげたものだと感心するほどです。請《う》け合えば、売文社の代筆論文によってすでに十数人の法学士が目出度《めでた》く誕生しているのであります。彼らは是非『売文社製』と額《ひたい》にお札《ふだ》を貼っておいてほしいものです。

代議士の選挙演説の代作、自伝代筆も少なからず。旅行案内記。美辞麗句辞典。恩師へ贈る感謝状。結婚式や葬式の挨拶文。これなどは素人《しろうと》が書くと得《え》てして長くなりがちで、往々参加者の顰蹙《ひんしゅく》をかうところ、気の利いた文章で短くまとめてあって好感がもてます。本日ご同席のみなさんも、これを機に、試しに一度売文社に注文されてみてはいかがでしょう。

『瞬間催眠術教授法』の代筆というのもある。いったいどんな内容ですかな？　興味がわくところではありますが、瞬間催眠術教授法が如何なるものか真相を明らかにするのは、残念ながら本法廷の趣旨ではありません。またの機会に致しましょう。

さはさりとて。売文社はかくのごとく、依頼があれば何でも書いております。同社の仕事ぶりは、何と言いましょうか、そう、一言でいえば節操《せっそう》がない。売文社の営業実績に〝恋文〟や〝付け文代筆〟が見えないのは、甚《はなは》だ気の毒な感じがするほどであります」

そこで言葉を切った山崎弁護士は、顔をあげ、裁判長にまっすぐに視線を向けた。

「先ほど検察は、〝公金詐欺を働いた森崎某が被告に偽の趣意書を書くよう依頼した〟と主張しました。しかし、森崎某が仕事を依頼したのは『どんな文章もお引き受けします』との看板を掲げた売文社であって、被告はたまたま手が空《あ》いていたために本件を担当したに過ぎません。よって弁護人は、第一に『本件で裁かれるべきは被告個人ではなく、売文社とすべきである』

と主張します。検察は訴えるべき相手をまちがっております。

第二に、売文社が詐欺行為を行ったか否かについて検証しますと、検察が提出した証拠書類を拝見すれば、なるほどこれではお役所もうかうか騙されてしまう。騙されても仕方がない。それほどよくできているように見える。少なくとも正しい形式で書かれております。

中身のない架空の話を一読文意の通る趣意書に仕上げてしまうとは、まったくもって怪《け》しからん話であります。売文社に於《お》いては、お役人本来の仕事であるべき事実の確認作業を放擲《ほうてき》させ、無為無策、怠け者になるよう促す、はなはだ危険な業務が行われていると言わざるを得ません。但《ただ》し、正しい形式の書類を作成したこと自体に詐欺罪が適用されるか否かは、判断が難しいところでありましょう。

そこで弁護側は、本来の被告であるべき売文社を裁くにあたって以下の提案を致します。一つ。『今後お役所に提出される趣意書の類《たぐ》いは、売文社に確認作業を依頼するようにしては如何《いかが》か』。そのさいは、売文社が広告に謳う一枚五十銭の通常料金が適用されるはずであります。なにしろ本件においても、被告は売文社の料金表に基づいて、検察が言うところの〝分け前〟六円を受け取っておるのであります。

売文社は一枚五十銭――同社では『惜しむに足るほどの金額にあらず』と嘯《うそぶ》いているようですが――わずかこればかりの金で、本法廷に提出された趣意書がインチキであることなど、たちどころに見抜き、かつ指摘してくれることでしょう。そうなれば、お役人は高い給料をもらいながら何の仕事もせず遊んで暮らせるというわけで、これぞ八方丸く収まる大岡裁《おおおかさば》きではないかといささか自惚《うぬぼ》れる次第であります。

二つ目の提案は、ございません。三つ目の提案も、ございません。四つ目は、もはや申し上げるまでもありますまい。

裁判長におかれましては、何卒《なにとぞ》賢明なるご判断を頂きますようお願い申し上げます」

山崎弁護士はそう言うと、裁判長にぺこりと一礼して自分の席についた。

何とも——。

曰《いわ》く言いがたい弁護であった。

訴えられるべきは、堺さんではなく売文社？　売文社に仕事を依頼すれば、お役人は高い給料をもらいながら何の仕事もせず遊んで暮らせる？　これぞ大岡裁きだと自惚れる次第？

そもそも弁論自体が、検察への反論というよりは、むしろ売文社の営業宣伝だ。

厳粛な裁判所で、こんな冗談みたいな、ふざけたことが堂々と弁じられてよいのだろうか？

啞然としていると、隣に座った荒畑さんが、くすくすとおし殺した声で低く笑いながら、

「言っただろう、山崎さんが絡《から》むとたいていこのざまだ」

と、ぼくに耳打ちをした。

「皮肉と反語と諧謔《かいぎゃく》のオンパレード。どこまでが本気でどこからが冗談なのか、誰にもさっぱりわからない。それでいて、法的には非の打ちどころのない理屈を展開する。結果、相手は煙《けむ》に巻かれ、そのうち自分が何を主張していたのかさえわからなくなる。……山崎さんのいつもの手だよ」

そう言われて見まわすと、裁判所全体に妙な空気が流れていた。

さっきまでの厳粛かつ厳かな雰囲気はどこへやら、その場に居合わせた人たちの顔には何とも微妙な間の抜けたような表情が浮かんでいる。

裁判長が検察官に声をかけ、裁判長席に来るよう手招きをした。

「たぶん、このあとも公判を維持するつもりがあるかどうか、確認しているんだと思う」

荒畑さんがささやくような声で言った。

荒畑さんによれば、検察の主張は、山崎さんの反論によってすでに木っ端みじんに打ち砕かれているという。

どういうことか？

堺さんは今回、架空の開墾計画を元に公金詐欺を働いた人物の共犯として起訴された。ところが山崎さんは、まず公金支出の根拠となった趣意書の作成は、堺さん個人ではなく、売文社への依頼であり、『何でも書きます、書かせて頂きます』と看板を掲げた売文社では、内容自体が違法でない限り依頼人の要求どおりに書類を作成するのは当然のことであると反論した。

そのうえで〝提出された趣意書の内実をきちんと調査せず、公金を支出したのは役人の側の怠慢であり、そんな仕事なら一枚五十銭で売文社に依頼した方がましではないか〟と皮肉った。

山崎さんが公判開始にあたって、最初に「被告には二十四時間官憲の尾行がついて、行動を監視されているはずだ」と惚《とぼ》けた口調で指摘したのは、共犯の嫌疑を打ち消すためだ。堺さんを二十四時間監視している尾行の刑事に確認すれば、詐欺の実行犯と堺さんのあいだには、売文社への依頼以外、何の関係もないことがすぐに判明するはず、というわけである。

通常、法廷で〝ないこと〟を証明するのは困難だ。ところが山崎さんは、堺さんが官憲に常時監視されている事実を逆手にとって〝共犯ではないこと〟をあっさりと証明してみせた――。

「普通の弁護士だったら、被告が警察の監視を受けている事実を法廷で明かすのは、判決に不利になりそうな気がして腰が引けるものなのだけどね。山崎さんはそのあたり、変わっているというか何というか、まったくへっちゃらだ。皮肉と反語と諧謔。相手側の武器でも使えるものは何でも使う。いつも聞いている方が、ひやひやするよ」

荒畑さんはそう言って苦笑している。

詳しいことはわからないが、ひやひやするのは確かだ。次に何を言い出すのか予想がつかない。まるで、命綱なしの派手な綱渡りの芸当を見せられている感じだ。

ほどなく、裁判長との確認を終えて、自席に戻った検事がそのまま裁判長に発言を求めた。

「被告に対する詐欺罪共犯の起訴は取り下げます」

検事は拍子抜けするほどあっさりと言った。

やれやれ、これで裁判も終わりかと思い、立ちあがりかけたところ、荒畑さんに袖《そで》を引っ張られた。

検事の発言がまだつづいていた。

「弁護側の提案に基づき、検察は本法廷での告発対象を被告個人から被告が経営する売文社に切り替えます。本裁判でわれわれは、被告が社長を務める売文社において重大かつ危険な犯罪行為が行われている恐るべき事実を明らかにしたいと思います」

　気がつくと、検事の色白の顔が真っ赤に見えるほど紅潮していた。近ごろ立てつづけに一審判決をひっくり返されていることが、よほど腹に据えかねているのだろう。何やらむきになっている感じだ。

　身を乗りだすようにして法廷内を覗き見ると、山崎さんもこの展開は予想していなかったのか、戸惑ったような表情を浮かべている。

「弁護人」と裁判長が壇上から山崎さんにたずねた。「検察側の主張が変更されましたが、日をあらためますか」

「いえ。このままつづけましょう」山崎さんはすぐ、噛《か》みつくように答えた。

「山崎さんは負けずぎらいだから……」

　ぼくの隣で、荒畑さんがサジを投げたようにつぶやいた。どちらも引かないつもりらしい。

　裁判長が堺さんに声をかけた。

「被告証人は前へ」

　堺さんが裁判長正面の証人席に引っ張りだされた。

「それでは、被告証人にたずねます」

　検事が冷ややかな声で証人席の堺さんに質問した。

「今月四日、あなたは売文社を訪れた依頼人を怒鳴りつけ、会社からたたき出していますね。『二度とそのツラを見せるな！』。依頼人に向かって乱暴にそう怒鳴っているあなたの姿が目撃されています。普段は温厚なあなたが、なぜそんなことをしたのですか」

「やっ、しまった。あれを持ち出してきたか」荒畑さんが小さく舌打ちをした。

「被告証人は質問に答えなさい」

裁判長の指示に、証人席の堺さんは一瞬ためらったあと、口をひらいた。

「依頼人の要求は受け入れられるものではなかったので、お帰り頂いた次第です」

「おかしいですね」

検事が目を細めて言った。

「売文社の営業方針は『何でも書きます、書かせて頂きます』ではないのですか」

「営業方針はそうですが、人情として受けられないものもあります」

「公金詐欺の片棒を担ぐ趣意書ですら平気で書く売文社にも受けられない仕事がある、と。いったいどんなものです」

「異議あり！」

山崎弁護士が声をあげた。

「検察側の質問は、本事案と何ら関係がありません」

「われわれは弁護人の提案に基づき、被告証人が経営する売文社の業務実態を明らかにしたいと考えております」

「弁護側の異議を棄却します」裁判長は検察側の主張を認めた。「被告証人は検察官の質問に答えなさい」

堺さんは、ふう、と一つ息を吐いたあと、顔をあげ、質問に答えた。

「今月四日に売文社を訪れた人物の業務依頼は、もともと『大分県紳士録を作るので、その原稿を制作してほしい』というものでした。ご存じのとおり『紳士録』というのは、その土地の名士といわれる人たちの経歴を並べ、当人や関係者に売り付ける、一種の興信録商売です。この手の依頼はよくある話なので、早速売文社で仕事を引き受け、原稿を制作して、先月末に依頼主にお送りしました。ところが今月四日、依頼主が売文社をふたたび訪れ、送られてきた原稿ではある人物――仮にX氏としましょうか――彼はかつて、ある重大な裁判に裁判官としてかかわっているはずだ。その功績についての記述が抜けているので、製本前に加筆してほしい、と要求したのです」

堺さんはそこで言葉を切り、すぐにまた淡々とした口調で先をつづけた。

「しかし、いくら依頼主の要求でも、友人を死刑にした裁判を〝功績〟として書くことは、個人としても、また売文社としてもできません。それで依頼をお断りし、原稿と原稿料をお返ししてお帰り頂いた次第です。お帰り頂くさい、やや乱暴な口調になったのはお詫びします」

「ほう。あなたには死刑になった友人がある、と」

検事は目を光らせ、わざとらしい口調で言った。

「その友人の名前を教えてもらえますか」

「異議あり！」

ふたたび声をあげた山崎弁護士に対して、堺さんが手をあげた。

堺さんは山崎さんに無言でうなずき、大丈夫、と伝えた。あらためて正面の裁判長に向きなおり、背筋を伸ばして、

「幸徳秋水《こうとくしゅうすい》。それが私の友人の名前です」

よくとおる、はっきりした声でそう言い放った。

裁判所中が低いどよめきにつつまれた。

堺さんがつねづね「大《おお》いに逆《さか》さまの事件」と呼んでいる一連の出来事は、世間ではもっぱら「大逆事件《たいぎゃくじけん》」もしくは「幸徳事件」と呼ばれ、「幸徳秋水」の名は国賊の代名詞のように見なされている。

その幸徳秋水を裁判の場で「私の友人」と平然と言い放ち、少しも悪びれるようすのない堺さんに対して、傍聴人のなかには怯《おび》えたような視線を向ける者もあった。

質問した検事は周囲の反応に満足したようすでかすかに笑みを浮かべた。一呼吸おいて、

「あなたは、あの幸徳秋水と友人だった。そのあなたが設立し、経営しているのが売文社である。まちがいないですね」

「まちがいありません。そのとおりです」

「追加書類甲第十号を提出します」

検事はそう言うと自席を離れ、証人席の堺さんの前に移動して、書類の内容を確認した。

「記録によれば、いまを遡《さかのぼ》ること十二年前、あなたはかの幸徳秋水とともに新聞記者として、黒岩涙香《くろいわるいこう》氏が主宰する萬朝報《よろずちょうほう》社に勤めていた。世間ではちょうど、日本とロシアとの問題が

大きく取り沙汰されていたころだ。『萬朝報』では当初、日露の戦争に反対する非戦論を唱えていたが、その後、立場を変じ、開戦を支持する主戦論に転じた。すると、あなたと幸徳秋水はただちに萬朝報を退社、自分たちで平民社を立ちあげ、『平民新聞』を創刊して非戦論の論陣を張った。『平民新聞』には多くの社会主義者が参加し、日露開戦後も一貫して非戦論を主張した――」

検事は書類から顔をあげ、

「すでに開戦したあとに非戦論を説くのは、国益に反するとは考えなかったのですか？」

そう言って、堺さんを鋭く一瞥した。

「国益というならむしろ、開戦後にこそ冷静な非戦論が必要なのではないでしょうか」

堺さんはよくとおる低い声で答えた。

「国家の名の下に日本の若者たちが次々に戦争に駆り出され、戦場で生命《いのち》を落としている。そのこと自体の是非を、誰かが問いつづけなければならない。そう考えました」

「なるほど。その考えは、いまも変わりませんか」

「変わりません」

「質問をつづけます」

検事は手にした書類をめくった。

「当時『平民新聞』は何度も処分を受けていますね。新聞紙条例違反その他の罪に問われて、被告証人も何度か入獄している。それにもかかわらず、あなたたちは少しも懲《こ》りることなく平民新聞創刊一周年記念号に『共産党宣言』を次のように翻訳掲載した。『一個の怪物欧州を徘徊す、何ぞや、共産主義の怪物是《こ》れ也《なり》……見よ、在野の政党にして、曽《かつ》て在朝の政敵の為《た》めに、共産主義的なりとして毀傷《きしょう》せられざる者ある乎《や》』。なかなか過激だ。これを翻訳したのは誰ですか？」

「幸徳秋水と私……主に、私です」

「『共産党宣言』の日本語への初翻訳というわけですな。おかげで『平民新聞』は発行停止を命じられた。印刷機械も没収。当然の処分でしょう」

今度は質問されたわけではないので、堺さんは黙ったままだ。

「『平民新聞』が廃刊となったあとも、あなたたちは『直言』『光』『新紀元』などと名前を変え、手をかえ品をかえて社会主義を標榜《ひょうぼう》する新聞や雑誌を出しつづけた。その結果が、あの幸徳事件だったとは思いませんか」

「異議あり！」

山崎弁護士が席から飛びあがるようにして声をあげた。

「検察の質問は憶測に過ぎず、また意図も不明です。質問するのであれば、その根拠と意図を示して下さい」

「質問を変えます」検察官が言った。

「被告証人は四年前の一月二十四日夜のことを覚えていますか」

「異議あり！」と、山崎さん。

「四年以上も前のことをいきなり質問されて、検察官は正確に答えられるのですか。ちなみに私は、昨日自分が何を食べたかさえ覚えていない」

「なるほど」と検事は妙に素直にうなずいた。

「しかし、幸いなことに、先ほど弁護人が指摘されたとおり、甲号要視察人である被告証人の行動は二十四時間監視され、その記録が残っています。こちらの記録を読みあげれば、被告証人は四年前の一月二十四日夜に自分が何をしたのか、正確なところを思い出せるのではないですか」

そう言って検察官が読みあげた記録は、唖然とする内容であった。

四年前の一九一一年一月二十四日、深夜――。

堺さんは大酒を飲んで、泥酔した。交番に小便をひっかけ、ステッキで街灯を叩き割ったり、道普請《みちぶしん》のカンテラを蹴っとばして壊しながら歩いた。

尾行の刑事たちがうかつに手を出せないほどの暴れようで、刑事たちは堺さんと一緒にいた大杉さんや荒畑さんに『この人を早く家に連れて帰るように』と頼み込んだという。

「思い出しましたか」

検事の質問に、堺さんは無言でうなずいた。

「被告証人は、いま検察が読みあげた記録に訂正すべき点があれば指摘するように」と裁判長。

「訂正すべき点はありません。すべて事実です」

堺さんが低い、よくとおる声でそう答えると、傍聴席にざわめきがひろがった。

温厚で陽気、からからと豪快に笑う、普段の堺さんからは想像もできない姿だ……。

「いかがです」検事が勝ち誇ったようにふたたび口をひらいた。

「被告証人は過去に酒を飲んで暴れ、交番に小便をひっかけ、ステッキで街灯を叩き割り、道普請のカンテラを蹴っとばして壊してまわった犯罪事実を自ら認めました。彼はまた、祖国が命懸けで戦っているさいちゅうに敵国に利する考えを公然と表明し、かつ、いまも同じ考えであることを言明した。彼がこの法廷で友人として名前を挙げた幸徳秋水は、畏れ多くも先の陛下の御命《おいのち》を狙ったとして極刑に処された、いわば国賊です」

検事は言葉を切り、法廷をぐるりと見まわした。

「社長自ら暴力をふるい、祖国の存亡がかかったときでさえ祖国への忠誠を拒否する。このような人物が設立し、経営をしているのが売文社というわけです」

検事の冷ややかな声が法廷に響いた。

「先日、被告証人が売文社を訪れた依頼人に対して『二度とそのツラを見せるな！』と暴言を吐いてたたき出した事実を思い出して下さい。われわれは、売文社なる組織が実際には裏で密かに暴力革命を目論む秘密結社なのではないかと強く危懼《きぐ》します。よってわれわれは売文社への解散命令を要求します」

「売文社に解散命令？　そんな馬鹿な話があるものか！」

荒畑さんが青い顔で立ちあがり、声をあげた。

傍聴席のあちこちで、ほかにも叫び声や不満げな唸《うな》り声がわきあがる。法廷内が異様なざわめきに包まれ、後ろの方では廷吏に追い出された者もあるようだ。

「静粛に！」

裁判長が声を張りあげ、木槌を打ちつけた。

「本法廷はいったん休廷とする。検察と弁護人は控室に来るように」

そう言うなり、法服を翻して席を立った。

その三

裁判は、短い中断のあと十分後に再開された。

何が起きたのか？

荒畑さんによれば、裁判長は検察弁護側双方を別室に呼んで、この先の裁判は日をあらためてはどうかと提案したのではないかという。

「でも、どうかな？」荒畑さんは首をかしげた。「検察は徹底的にやり合うつもりみたいだし、そうなると山崎さんも自分から引くような人じゃない」

「どうなるのです？」

「ま、ここからが本当の勝負ということだ。……頼みますよ、ハクシャクドノ」

荒畑さんはそうつぶやくと、傍聴席最前列の手すりにもたれて、しきりに爪をかんでいる。

法廷では、山崎さんが弁護人席から歩みでて、堺さんへの反対尋問をはじめるところだった。

山崎さんは一通の書類を頭上に掲げ、

「これは売文社が毎月一回、会員向けに発行している機関誌です。検察ならびに裁判長殿は弁護側追加提出書類乙第十三号をご覧下さい」

そう言うと書類を自分の顔の前にもってきて、

「『へちまの花』とある。変な名前だ」

と独り言のようにつぶやいた。山崎さんは堺さんをふり返り、

「なぜこんな名前にしたのです?」とたずねた。

「話せば長くなるのですが……」

「長くなるなら、結構」

自分でたずねておきながら、山崎さんは手をふって堺さんの発言をさえぎった。

「追加提出書類乙第十三号『へちまの花』のこの部分にご注目下さい。〝主筆、堺利彦。編輯長、貝塚渋六〟とある。当方の調べによりますと、貝塚渋六とは、誰あろう被告証人堺利彦氏の筆名であり、『へちまの花』は実際には堺氏が一人で主筆と編輯長を兼ねているのであります。

一人二役。誠にふざけた話であります。さらに、貝塚渋六の由来が〝服役していた千葉監獄の地名が貝塚〟で、渋六に至っては〝監獄での不味《まず》い飯が南京米四分、麦六分だったから〟と聞けば、もはや呆れて物も言えず、本件についてはさすがに弁護する余地はないかと思われます。被告証人に代わっておわび申し上げます」

山崎さんはそう言って頭をさげた。

初手から激烈な反論を予想していた検事や裁判長は肩透かしをくらったようすで、山崎さんの真意をはかりかねて妙な顔をしている。

「先ほどの意見陳述において、検察は〝売文社は『何でも書きます、書かせて頂きます』と広告を出しておきながら、気に食わない依頼人を追い出した。これをもって、売文社は危険な秘密結社である〟と主張しているようであります」

山崎さんは平気な顔で弁論をつづけた。

「では、売文社がいったいどれほど危険な秘密結社であるのか？　彼らが〝一部三銭、惜しむに足るほどの金額にあらず〟とうそぶいて毎月発行している機関誌、この『へちまの花』を詳細に検討することで明らかにしていきたいと思います。

同書類、一頁目下段をご覧下さい。『へちま論』なる文が掲載されております。『へちま論』は本誌発刊当初より問題となっている懸案の課題であります。『桜でもなく、百合《ゆり》でもなく、菊でも薔薇《ばら》でもスミレでもなく、せめて朝顔でもなく、よりにもよってなぜへちまなのか？』などの問い合わせが殺到し、その多くはおおむね否定的な意見であるにもかかわらず、売文社ではなぜかいまだに『へちまの花』の誌名を墨守していて、侃々諤々《かんかんがくがく》の議論がくりひろげられているのであります。昨今の主な争点は『へちまのへちまたる所以《ゆえん》はどこにあるのか』『へちまの花は皮となるか、実となるか』といったもので、議論には多くの読者が参加、もはや手の付けられぬ事態に発展している次第であります。

たしかにこの一事をもってしても、検察の主張どおり、売文社ならびに『へちまの花』にははなはだ危険と言わざるを得ない点が見受けられます——もしこれが一年以上前の話であったならばでありますが」

　山崎さんはそう言ったきり、いつまでも口を閉ざしている。

　裁判長は検事と顔を見合わせていたが、こらえきれなくなったようすで山崎さんに発言を求めた。

「弁護人は、ただいまの発言中の〝一年以上前云々《うんぬん》〟が如何なる意味をもつのか、具体的に説明しなさい」

「事実を申し上げただけであります」

　山崎さんは平気な顔で答えた。

「これが一昔前、被告証人が幸徳秋水とともに『平民新聞』を出していたころであれば、『へちまの花』を機関誌にもつ売文社は実に危険と言わざるを得ますまい。一例として、かつて平民社一周年記念として開催予定であった園遊会があげられましょう。当時の新聞に掲載された同会の予告記事によれば〝会場となる滝野《たきの》川《がわ》紅葉《もみじ》寺《でら》境内《けいだい》に、だんご屋、おでん屋、甘酒屋などを設け、参加者は弁当を食べながら、人形ポンポコ踊《おどり》や仮装行列などの余興を楽しむ〟というものであります。広告にはまた〝女性、子供も大歓迎。最後に参加者全員での記念撮影も行われる予定〟とあり、これに気づいた地元警察はただちに禁止命令を出して、園遊会を中止させました。人形ポンポコ踊に、だんご屋、おでん屋、甘酒屋、最後に参加者全員での記念撮影。

京都の祇園《ぎおん》祭や青森のねぶた祭には及ばないにせよ、当時としては反国家的な危険極まりない行事であったことはまちがいありません。地元警察署長の英断を賀するものであります」

　山崎さんはそう言って、納得したように大きくうなずいてみせた。

「その後も、一年前までなら、検察側の主張どおり、売文社ははなはだ危険な秘密結社であり、『へちまの花』は有害な記事を垂れ流す危険な雑誌と判断されたことでありましょう。解散命令を出すなり、あるいは発禁処分にするのが妥当な判断だったと同意するのに吝《やぶさ》かではありません。しかし、まことに残念至極な話ではありますが、そのころと現在では状況がちがってしまっている。時代が変わったのであります。

　いまからちょうど一年前。欧州で勃発した戦争において、わが日本政府はドイツ・オーストリアに対して宣戦布告を致しました。参戦理由は、専制主義国家からデモクラシーを擁護するためということであります。わが国がそのために戦争をはじめたデモクラシーとは何か？　耳慣れない言葉であります。民主主義ではない。畏《おそ》れ多くも君主主義を掲げるわが国の政府が、民主主義などという馬鹿げた代物を擁護するはずはない。では、遠く欧州で行われている戦争にわざわざ参加してまで擁護するデモクラシーとはいったい何なのか？

　まことに難しい問題であります。伝え聞くところ、この難問を解決するために、昨今、吉野《よしの》作造《さくぞう》博士は苦心惨憺《さんたん》、ついに〝民本《みんぽん》主義〟なる訳語を案出したという噂であります。これをわが国の本義とすべく、奮闘努力中であるやに聞きます。

　即ち、欧州戦争へのわが国の火事場泥棒的参戦は、有り難くも畏《かしこ》き王様を戴く君主制国家に、世界でも類を見ない、本邦唯一の摩訶《まか》不思議な大正デモクラシーを広める、またとない機会になるであろうということであります。

日本軍は、まさにいま、この瞬間にも、欧州で行われている大戦争においてデモクラシーを守る側に与《くみ》して戦っております。中国大陸や南方に兵を出して、専制主義国家の領土を火事場泥棒的に命懸けで掠《かす》め取っているのであります。このように、日本がデモクラシーを擁護して懸命に戦っているまさにそのさいちゅうに、気に食わない客を事務所からたたき出したからといって、あるいはわけのわからぬ雑誌を出してばかばかしいことを書いているからといって、結社に解散命令を出し、あるいは雑誌を発禁処分にするのは、政府方針にたて突く危険な行為になるのではないかと深く危惧する次第であります。

なぜといって〝言論と結社の自由〟こそがデモクラシーの基本なのであります。信じ難いことに、ある種のばかばかしさこそがデモクラシーの本義なのであります。

先ほど検察は〝被告証人はかつて幸徳秋水と友人であった〟〝日露戦争開戦後も戦争に反対した〟〝『共産党宣言』を初翻訳した〟といった過去の話を持ち出し、『だから売文社は危険だ』と主張されました。検察が指摘した以上の点は、なるほど過去においてははなはだ危険と判断されたものでありましょう。実際、被告証人はそのために何度も入獄し、合計何年もの刑期を勤めております。刑務所内労働で得た賃金で、一人娘に子供用のきれいな傘を買ってやることができるほどの入獄期間であります。言い換えれば、被告証人が過去に犯した法律上の罪は、入獄によってすでに、すべて償われているのであります。被告証人を新たな罪に問うには新たな犯罪事実が必要となる——これは、本法廷であらためて持ち出すことが恥ずかしくなるほどの、法律上の常識でありましょう。

たしかに被告証人が経営する売文社では『何でも書きます、書かせて頂きます』との方針を掲げながら、気に食わない客の依頼を断った。また『へちまの花』なる機関誌を毎月刊行して、実にばかばかしいことを議論している。けしからん話であります。しかしながら、デモクラシーを擁護する国家においては、どんな店でもいやな客を断る権利があるのであります。酒を出す店なら、店に来た客が酔ってくだをまく権利と同様、その客にお帰り頂く権利もまた店側にあるのであります。同様に『へちまの花』において愚にもつかぬ下らぬことを議論しているからといって、これを罰することはできないのであります。そんなことをすれば、わが国の兵士がいままさにそのために戦っているデモクラシーの本義に反することになるのであります」

山崎さんはそう言って首をふり、大袈裟にため息をついてみせた。

「日本政府がデモクラシーに与《くみ》すると宣言して戦っている以上、誠に残念至極な話ではありますが、万《ばん》やむを得ません。ここはひとつ、耐え難きを耐え、忍び難きを忍んで、われわれ法律家はかつての節を曲げ、ひざを屈して、政府方針に従うしかないのではあるまいかと勘案する次第であります」

山崎さんはそう言って自席に戻った。

日本政府が堂々とデモクラシーの味方だと公言している。

そのさなかに売文社に解散命令を出すことは、政府のやり方を批判することになる。だから政府方針に従うしかない――。

政府の方針を逆手にとった、山崎さんお得意の皮肉と反語の法廷戦術だ。

さらにもう一つ。

山崎さんは反対尋問のなかで、

一、一年前までなら。

過、過去においては。

と、妙な具合に念を押していた。

山崎弁護士は、判決が覆るのは〝千三ツ〟と言われる上告審で三割近い異例の勝率を誇っている。

裁判所としては、この場で過去の判決を蒸し返されて、ろくでもない議論にひきずり込まれる藪蛇《やぶへび》の事態となることだけは何としても避けたいはずだ――。

山崎さんが、ひょいとまた何か思いついたような顔で手をあげ、裁判長に発言の許可を求めた。立ちあがると、ひとこと、

「言い忘れておりましたが、売文社に解散命令を出しても何の意味もないのであります」

それだけ言って、すとんと腰をおろした。

裁判所内に妙な空気が流れた。

裁判長がエヘンと一つ咳払《せきばら》いをして、山崎さんに発言を求めた。

「弁護人はいまの発言の内容を詳しく説明しなさい」

山崎さんはバネ仕掛けの人形のように身軽に立ちあがると、

「解散も何も、売文社の実体は被告証人只《ただ》一人しかいないのであります」

と言って肩をすくめた。

「これは先ほど『へちまの花』の主筆、編輯長の一人二役についてお詫びしたさいにも申し上げたことですが、被告証人が経営する売文社には正式な社員などというものは他に存在しないのであります。社として定期的に支払いをしているのは雑用係の小使いが一名。玄関番の少年には被告証人が個人的に小遣いを渡しているようですが、あとの連中はみな〝特約執筆家〟〝特約社員〟〝社友〟などと称する者たちで、彼らは売文社に好き勝手に出入りし、各人の能力に応じて仕事をこなし、その分の割り前を受け取っているだけなのであります。〝来る者は拒まず。去る者は追わず〟。〝主義主張は関係なく、誰でも出入り自由〟。これが、検察が言うところの秘密結社〝売文社〟の実態なのであります。

何を言いたいかと申しますと、裁判所が売文社に解散を命じたとしても、被告証人当人、もしくは別の誰かが、バイブンシャならぬベイブンシャ、あるいはバイベンシャなどの妙な名前で同様の会社を立ちあげる可能性が高いということであります。また『へちまの花』を発禁処分にしたところで、今度は『へちまの皮』や『へちまの実』、あるいは『きゅうりの花』など、またぞろヘンテコな名前の雑誌を出して、勝手放題、気ままに書くこととなるのは火を見るより明らかでありましょう。言い換えれば、今回検察はまったく無意味なことをわざわざ裁判所に求めているのであります」

山崎さんはそう言って、法廷の向かい側に座る検事に気の毒そうに目をやった。

「最後にもう一つだけ」と山崎さんはふたたび口をひらいた。

「前回被告証人が監獄に送られたのは七年前。世に言う赤旗事件のさいであります。赤旗事件とは、社会主義者と警察が天下の往来で手製の赤旗を奪い合ったという誠に子供じみた騒ぎで、当時としてはむろん実に危険極まりない代物であります。被告証人はうっかり騒ぎの仲裁に入ったために重禁錮二年を命じられ、千葉監獄に送られました。服役中、彼はそこでいったい何をしていたのか」

山崎さんは机の上に置いてあった一冊の本を取りあげ、頭上に掲げた。

「被告証人は獄中生活をことこまかに面白おかしく書き記し、獄中書簡も加えて、出獄後すぐにこの本を出版しました。『楽天囚人《らくてんしゆうじん》』。お上を恐れぬ、実に愉快な題名であります。被告証人はまた、出獄後すぐに売文社を設立しております。売文社のアイデアは獄中で練られたものでありましょう。監獄を出たあと用いはじめた筆名は、南京米四分、麦六分の獄中飯をもじった『渋六』。被告証人にとって監獄での生活はまったく苦にならないということであります」

山崎さんは呆れたように首をふった。

「このような人物をふたたび獄に投じ、国民が納めた貴重な税金を使って養う義務があるや否や、はなはだ疑問に思う次第であります。このような人物はむしろ野に置き、妙な会社経営で苦労させ、へちま、へちま、とばかばかしい議論をさせておくのが相応しい処遇であると勘案致します。裁判長におかれましては何卒賢明なる判断を下さいますようお願い申し上げる次第であります」

山崎さんは殊勝らしい顔つきでそう言うと裁判長に向かってぺこりと頭をさげ、自席に戻って腰をおろした。

裁判長は苦笑を浮かべ、自席に検事を呼んだ。

ヒソヒソ声での協議は、じきに解散となった。

自席に戻った検察官は苦虫を噛みつぶしたような顔をしている。

裁判長が木槌を一つ打ち鳴らし、判決を言い渡した。

「被告人は無罪。罪名変更の申し出は却下する」

裁判は、それで終わりだった。

その四

無罪放免となった堺さんを囲んで、売文社で祝賀会がひらかれた。

いつもは本や書類でちらかり放題の仕事机が壁際に追いやられ、部屋の真ん中に大きな丸テーブル。白いテーブルクロスの上には飲み物の入った水差しや、美味しそうな御馳走の皿がいくつも並んでいる。参加者は各自、テーブルの上から好きな食べ物を小皿に取り、好きなだけ飲み食いする立食形式だ。手の込んだ洋食の皿は「メイゾン鴻ノ巣」からの差し入れらしい。

普段は議論の声やタイプライターを叩く音、電話のベルなどで忙しそうな売文社の社内が、今日は大勢の人たちのにぎやかな笑い声であふれている——。

会場を見まわすと、大杉さんや荒畑さん、橋浦さん、自称〝門番〟の添田君といった、よく見かける顔ばかりではなかった。参加者のなかには、添田君のお父さんで堺さんとは古い友人の演歌師・添田啞蟬坊さんや、東京朝日新聞記者の杉村楚人冠さん、山口孤剣さん、画家の小川芋銭《うせん》さん、石川啄木の友人だった歌人の土岐善麿《ぜんまろ》さんなどの顔も見える。堺さんの一人娘、真柄さんと話をしているのは橋浦さんの妹のはる子さん。その周りには、最近なぜか〝女堺《おんなさかい》〟を自称しはじめた小口みち子さんはじめ、『青鞜』の伊藤野枝《のえ》さんや『新眞婦人』の女の人たちの輪ができていた。多くは、売文社の社友、特約執筆家、特約社員に名前を連ねる〝売文社一味〟の人たちだ。

今回の裁判の立役者である山崎今朝弥弁護士も、もちろん参加者の一人である。今日の山崎さんは着流し姿で、早くも上半身もろ肌脱ぎ。窓枠に座って団扇《うちわ》を使っている。

会場に集まったなかには、ぼくが知らない顔も少なからずあった。部屋の隅でひまそうにしていた荒畑さんにたずねると、そのあたりはたいてい、かつて一緒に『平民新聞』を出したり、勉強会や講演をしていた社会主義関連の人たちだという。

「さっきから堺さんと熱心に話し込んでいるのが、山川均《やまかわひとし》さん」

荒畑さんは部屋の中ほどを指さして言った。

山川さんは、堺さんが信頼する社会主義理論家の一人だという。

「赤旗事件で一緒に服役していた山川さんも、この数年は〝行方不明者〟の一人でね。顔を見たのは久しぶりだ」

荒畑さんは爪をかみながら、ぼくにそう教えてくれた。

行方不明者。

というのは、実際に行方がわからなくなっていたわけではなく、社会主義運動と関係を断《た》っていた人たちを指す仲間内での符牒だ。

「山川さんは、九州の田舎に引きこもって一人でヤギを飼っていたそうだ」

「ヤギ、ですか？」

「なんでも、そこに国家の支配や弾圧から逃れた小さな理想郷《ユートピア》を建設しようと考えていたらしい。理論家の山川さんらしいといえば、山川さんらしい考えだけど……」

荒畑さんはそう言って肩をすくめた。

中央国家の弾圧から逃れ、九州の田舎に小さな理想郷を建設しようとした山川さんは、最近その運動に行き詰まりを感じていた。そこに堺さんの裁判の知らせが届いたので、取るものも取りあえず、慌てて東京に出てきたのだという。

荒畑さんの説明に、ぼくは疑問を覚えた。

堺さんの裁判の知らせが届いた？

あらためて見まわせば、祝賀会に参加している人のなかには、堺さんの裁判の傍聴席で見かけた顔がいくつもあった。

はじめて裁判を傍聴したぼくは、満員の傍聴席をふり返って、

——裁判を見にくる人がこんなにいるのか。

と驚いたものだが、後で聞くと普段はそんなことはなく、今回の堺さんの裁判には例外的に大勢の傍聴人がつめかけたらしい。

堺さんが警察に連れていかれたのは一週間前だ。売文社にとってはおおごとでも、世間的にはたいした話ではない。ぼくが知るかぎり、東京で出ている一つか二つの新聞が、小さなベタ記事で報じただけである。

山川さんや、ほかにも大勢、昔の仲間だった〝行方不明〟の人たちが、あの小さな記事を見つけて堺さんの裁判にかけつけたというのはいくら何でも不自然ではないか？　近所に住んでいるならともかく、山川さんは九州の田舎に引きこもってヤギを飼っていたのだ。

聞けば、東京にいる売文社の人たちが手分けしてみんなに電報で知らせたのだという。

〝サカイ　ヤラレタ　サイバン　イッシュウカンゴ〟

電報を受け取った人たちはみんな堺さんを心配して、急いで裁判にかけつけた。

「しかし、山崎さんもひどいよな」荒畑さんがくすりと笑って言った。「『訴えるなら、堺さんではなく売文社を訴えろ』と言っておきながら、実際にそうしたら、『売文社に解散を命じても仕方がない。売文社の実体は社長の堺さんだけで、あとの連中は売文社が解散してもへでもない』だもんな。検察が気の毒になったくらいだ」

そう言ってにやにやと笑っている。

ぼくは妙なことを思いついた。もしかして、こうなることは全部予定どおりだったのではないか？

頭に浮かんだ疑問を問いただすと、荒畑さんはあっさりうなずいた。

「実は、そのとおりだ。途中ちょっとひやひやした場面もあったけど、だいたいは計算どおりかな？　よくわかったね。さすがは僕がローマ字を教えた弟子だけのことはある」

と、少しも悪びれたようすもない。ぼくは憮然として、思わず、

「なぜ、ぼくだけが事情を知らせてもらえなかったのです？」とたずねた。

「〝敵をあざむくには、まずは味方から〟。そう言うだろ？」

味方……。

荒畑さんの言葉にぼくは意表をつかれて口ごもった。そのとき、
パン、パン、パン。

と強く手を打ち鳴らす音が会場に響いた。

目を向けると、堺さんが立ちあがり、両手を頭上に掲げてひらひらさせていた。

堺さんが何を言い出すのか、と会場中の注目が集まった。

「みなさん。ここでひとつ、発表があります」

堺さんは、よくとおる低い声で言った。

「関係者のみなさまにご愛読いただいてまいりました売文社の機関誌『へちまの花』は、次号をもって最終号となります」

ええっ、というざわめきが会場にひろがった。顔を見合わせて、なぜ？　毎月楽しみにして

いたのに、と囁く声があちこちで聞こえる。あんなに不評だったのが嘘のようだ。

堺さんはふたたび手をあげて傾聴を求めた。

「売文社は『へちまの花』に代わる新雑誌を刊行します。新しい雑誌の名前は『新社会』。政治、経済、文芸、科学、道徳、宗教などに関する記事を掲載する予定です。『新社会』はちびた万年筆の先に掲げた、小さな紙旗《かみばた》の旗上げとなるはずです。『へちま』同様、否、『へちま』に優《まさ》りて、これからもご愛顧いただけることを信じております」

堺さんはそう言って元の椅子に腰をおろした。

会場のなかからパチパチと手を叩く音が聞こえ、すぐに拍手の嵐となった。

「い、いいぞ、堺君。でかした！」

会場の隅から大きな声で野次をとばしたのは、例によって大杉栄さんだ。

ぼくにはまだことの次第が理解できない。ぽかんとしていると、

「ふふん。やっぱり堺さんはタヌキ親父《おやじ》だ。たいしたものだよ」

と荒畑さんが、ぼくの隣で感心したように言った。

「新しい雑誌の名前は『新社会』、か……。なるほどね」

荒畑さんが復唱したのは堺さんの言葉だ。

ぼくは眉を寄せ、少し考えたあとで、あっ、と声をあげた。

『へちまの花』に代わる新雑誌名は『新社会』。

堺さんは新雑誌名にあえて、「社会」の文字を入れることで、これまでの与太話を中心にし

た誌面作りから、今後は政治や経済、道徳、宗教を正面から取りあげ、記事にしていくと宣言したのだ。

「世の中の空気が変わりはじめている。そのことに堺さんは気づいたんだ」荒畑さんは言った。「〃大いに逆さまの事件〃のあと、日本全体がある種のショック状態に陥った。世間の人たちは『社会』という言葉をうっかり口にするのを恐れ、『社会』と名のつく本や雑誌は本屋の店先からすべて自主的に取り払われた。とばっちりで、生物学者が出した『昆虫社会』という自然科学の本までが発禁対象となったくらいだ。

たとえどんな理由にせよ、十二人もの人間がいちどきに縊り殺されたんだ。あのときはみんな、お上《かみ》の言うことには無条件に右へ倣《なら》え、猫も杓子《しゃくし》も『社会』と聞くだけで耳をふさぐ状況だった。

堺さんは呆然とする僕たちに『今は冬の時代だ』と言った。同時に『終わらない冬はない。いまは猫をかぶって春を待とう』。そう言って売文社をはじめたんだ。

あれから四年。世の中の人たちはようやく、政府のやり方はおかしいのではないかと思いはじめている。山崎さんが裁判で取りあげていたけれど、欧州での戦争に日本はデモクラシー擁護を掲げる連合国側に立って参戦した。新聞では連日『これは正義の戦争だ』と書きたてている。これを見て、日本の国民のなかには『日本はデモクラシーを擁護する国だったのか』とはじめて気づいた人も多いはずだ。何しろ日本ではこれまで、デモクラシーの訳語の『民主主義』という言葉は『社会主義』以上に厳しい取り締まりの対象とされてきたんだ。みんな、なにかおかしいぞ、変じゃないか、そんなふうに思いはじめている。世の中の空気が変わりはじめている……。けどね」

荒畑さんは小さく首をふって先をつづけた。

「時機を待つ、という人間はたいてい、実際にはその時機がきても腰をあげないものだ。『もう少しようすを見よう』『いまはまだその時機じゃない』。そう言って、その場所から一歩も動こうとしない。そんな人を、僕たちはこれまで幾人も見てきた。ところがわれらがタヌキ親父、堺さんはちがう。売文社を上手に経営しながら油断なく周囲を見まわして、一寸《いっすん》でも伸び得る機会があればただちに一寸だけ伸びる。そしてさらに一尺《いっしゃく》伸びる機会を待つ。それが堺さんの特性だ。賭けてもいいが、そんな人はめったにいない。そこがタヌキ親父のタヌキ親父たるゆえんだよ」

荒畑さんはそう言ってくすくすと笑っている。

思い当たることがあった。

裁判での山崎さんの弁論は、吉野作造博士の「民本主義」の造語を含め、検察や裁判長に向かってというよりは、むしろ裁判に傍聴に来ている人たちに語りかけているようだった。今回の裁判は、世の中の空気が変わりはじめていることを「大いに逆さまの事件」以来活動から離れている昔の仲間たち――行方不明者――に知らせる絶好の機会だった。堺さんはみんなに、

――冬の時代は終わりだ。春はもうすぐそこまで来ている。

そう伝えようとしたのだ。

「ほら。今日はせっかく来たんだ。きみも挨拶に行ってきなよ」

荒畑さんに背中を押されて、ぼくは堺さんの前に歩みでた。

何を言えばいいのか？

ひとまず、今日は堺さんの無罪放免記念祝賀会だ。

「このたびは、おめでとうございます」そう言って頭をさげた。

「きみこそ、おめでとう」

堺さんは銀縁眼鏡の奥で澄んだ目を細め、いつもの安心感のある低い声で応《こた》えた。

「新しい就職先が決まったんだってね」

ぼくは無言でこくりとうなずいてみせた。

堺さんが警察に連れていかれたあの日――。

ぼくは、堺さんに紹介してもらった小さな印刷会社の面接に出掛けて、戻ってきたところだった。

前の職場で労働環境の改善を陳情しようとしたぼくは、成金不在工場主に雇われたやくざ者たちに殴られ、蹴られ、放り出されて、危うく死にかけた。そこにたまたま通りかかったのが売文社の人たちだ。彼らに救われたぼくは、売文社の二階に居候《いそうろう》させてもらいながら就職口を探していた。もともと織工として働いていたのだが、織物工場ではどこに行っても「シュギシャは雇わない」と言って断られた。前の職場の工場主が、ぼくをクビにしたのは、すぐに文句を言うし、ほかの労働者を煽動するからだと、よからぬ噂を触れまわっていたのだ。

あちこち面接に行き、何度も断られ、あの日ようやく印刷会社の植字工として雇ってもらうことが決まった。「明日から来られるかい？」と、ぶっきらぼうだが悪気のない口調で言われ、喜び勇んで戻ってくると、堺さんが警察に連れていかれるところだった。

翌日から、ぼくは植字工見習いとして印刷会社の寮に住み込みで働きはじめた。裁判傍聴日もそうだが、今日は堺さんに挨拶するために、休み時間に特別に抜けて来たのだ。

「これまでお世話になりました。それから、あのとき助けていただいて本当にありがとうございました」

そう言って頭をさげたぼくは、ふと、暗い路地裏に倒れていたぼくを背中にかつぎあげて、「やれやれ。仕方がない。今日は特別な日だ」とつぶやいていた堺さんの声を思い出した。

四年前の一月二十四日の夜。堺さんは大酒を飲んでひどく酔っ払い、尾行の刑事がうかつに手を出せないほどの暴れぶりだったという。

その日は、堺さんの親友の幸徳秋水さんはじめ十二人の社会主義者の仲間が処刑された「特別な日」だった。

それから毎年一月二十四日の「特別な日」に、堺さんたちは仲間と集まり、理不尽に殺された友人たちを偲《しの》んでいた。

堺さんや大杉さん、荒畑さん、橋浦さんたち〝売文社一味〟が、あんなに遅くまで一緒に町をぶらついていることは滅多にない。ぼくが助けられたのは、たまたまその日だった。考えようによっては、ぼくは「大いに逆さまの事件」で犠牲になった人たちに助けられたということになる――。

「いまは」と、ぼくはつっかえつっかえ口を開いた。

「いまはまだ見習いですが、将来、堺さんや大杉さん、荒畑さん、橋浦さんたちが書いた文章を本にすることで、みなさんの――社会主義のお役に立つこともあるかもしれません。頑張って、早く一人前になります。お世話になりました」

ぺこりと頭をさげ、顔をあげると、堺さんのいたずらっぽい視線とぶつかった。

「お役に立つかもしれないのは、僕たちの方だよ」

堺さんたちが、ぼくのお役に立つ?

言っている意味がわからない。

首をかしげていると、

「社会主義の本当の担い手は、きみたちだ」と堺さんは穏やかな声で言った。「労働者や小作人が主体となって、自分たちが望ましい社会へと変えていくのが本当の意味での社会主義だよ。僕にしても、殺された幸徳にしても、ここにいる売文社の連中にしても、僕たちがやっているのは本物の社会主義じゃない、所詮はインテリの道楽だ」

「道楽、ですか?」

ぼくは驚いてたずねた。堺さんたちがしていることと道楽とは、どうやっても結びつかなかった。

「そう、道楽だ」堺さんはくり返した。「僕たちにできるのはせいぜい、歴史のなかで未来の選択肢を一つ示すことだけ――そのくらいなものさ」
堺さんはそう言って、印刷所のインクで黒く汚れたぼくの手に視線を向けた。最初に会ったとき、堺さんはぼくの手を見て職業をぴたりと当てた。そうして、

はたらけど　はたらけど猶《なほ》わが生活《くらし》楽にならざり　ぢつと手を見る

ぼくが読んでいた石川啄木の短歌こそが〝自分たちの社会主義だ〟と言った――。

「いまの日本の社会は〝金さえ持っていればエライ〟という、資本主義万能の世の中だ」

堺さんは髪を短く刈った頭をぐるりと撫でてつづけた。

「金儲けのためなら平気で人殺しの武器を作り、それを売り、若い人たちを戦場に送って殺し合いをさせて、新たに戦争をはじめることさえあえて辞さない。すべて金儲けが目的だ。何のために働くのか、どうして金を儲けるのか、多くの人が本来の目的を忘れてしまっている。人も物もすべてお金に換算して、その大小のみで価値をはかるのが当たり前の世の中だ。けれど、いくら金を持っていたからって、そんな連中は本当はちっともエラくない。それより、みんなで富を分かち合い、戦争のない世の中になる方がよほどいい。そんな社会にするにはどうしたらいいのかを考えることだってできるはずだ。

何もせず、黙っていたら、一握りの金持ち連中と権力者にとってますます住みよい世の中になるだけだ。金持ちはより金持ちに、貧乏人はより貧乏に。それが、彼らの望む社会なのだか

ら。そんな社会がいやなら、いやだと言う。押し返す。その実現のために一歩でも努める。それが、僕らの社会主義、それが僕らの道楽というわけだ」

ぼくは一瞬ためらったあと、思いきって口をひらいた。

「けれど、そのせいで、堺さんの親友だった幸徳秋水さんは死刑になったんですよね？」

「道楽は道楽でも、命懸けの道楽もあるさ」

堺さんはそう言うとにやりと笑った。

「ほかの道楽をしても、命を落とす人はいくらでもある。死ぬときに〝自分はよく生きた〟と思えるなら、その人生は道楽のしがいがあったということだ。

もっとも、いまはこんなことを言っているけれど、人は弱いものだから、僕だってこの先どんなことになるかわからない。革命家は英雄豪傑にあらず。名もなき凡人だ。何を成し遂げたかだけが重要なんじゃない。勝ち負けが唯一の物差しじゃ、いまの世の中で金儲けに邁進《まいしん》している連中と一緒だからね。たとえ他人からは埋め草、捨て石の人生と思われようと……」

と、どうやら堺さんが再就職したぼくへの餞《はなむけ》にしてくれようとしたらしい折角《せっかく》の演説は、残念ながら、きゃあ、きゃあ、と女の人たちがあげるかん高い笑い声によって中断された。

窓枠に座り、上半身もろ肌脱ぎとなったハクシャクドノ――山崎今朝弥弁護士の周囲に女の人たちが大勢集まっていた。

きゃあ、とまた、ひときわ高く女性の声があがった。別段いやがっているふうでもない。

ぼくは堺さんと顔を見合わせ、山崎さんが何をしているのか覗きに行った。

大勢の女の人たちに囲まれた山崎さんは、自分の鼻に指を突っ込み、取り出した鼻糞《はなくそ》を団子にして、そこに鼻毛を植えつけていた。

山崎さんは指先の巨大鼻糞団子を女の人たちに自慢げに掲げて見せる。そうして何をするかと思えば、ふたたび自分の鼻の穴に押し込んだ。

一見入りそうもない大きな鼻糞団子が鼻の穴に入ると、女の人たちは手を叩いて大喜びだ。

ぼくは堺さんと顔を見合わせ、首をかしげた。命懸けの道楽をしている堺さんにも、女の人たちが何を喜ぶのかは、見当がつかないようだ。

窓枠に座る山崎さんがちょいと腰を浮かしたのを見て、堺さんがぼくに耳打ちをした。

「……来るぞ」

身構える間もなく、山崎さんが窓の外に向かって、ぶおっ、と大きく放屁《ほうひ》した。

一瞬の沈黙のあと、誰かがぷっとふきだした。それを機に一同大爆笑となる。普段は女性の権利について難しいことを書いたり言ったりしている『青鞜』や『新眞婦人』の女の人たちが腹をかかえ、帯をきゅうきゅう鳴らし、涙を流しながら笑い転げている。

堺さんもまた、両手を腰に当て、からからと特徴のある陽気な声で笑いながら、ぼくにそっとうなずいてみせた。

＊

これが、ぼくが売文社で経験したこと。

売文社で知り合った堺さんや、大杉さん、荒畑さん、橋浦さん、真柄さんや添田少年、ついでに言えばこのぼくが、その後どんな人生を送ることになったのか？

それについては、いつかまた、どこかで話をする機会もあるんじゃないかと思う。

＊執筆に際して『堺利彦全集（全六巻）』（法律文化社）、日本近代文学研究所編『へちまの花（復刻版）』、黒岩比佐子著『パンとペン　社会主義者・堺利彦と「売文社」の闘い』（講談社）他、数多くの関連書籍資料を参考にさせて頂きました。先行の著作に敬意と感謝を捧げます。

（著者）

＊本作はノンフィクションではありません。

本作品は二〇二四年六月にAmazonオーディオブックAudibleにて先行配信されました。

〈著者紹介〉
柳広司（やなぎ・こうじ）　1967年生まれ。2001年『贋作「坊っちゃん」殺人事件』で朝日新人文学賞受賞。09年『ジョーカー・ゲーム』で吉川英治文学新人賞と日本推理作家協会賞受賞。他に『新世界』『象は忘れない』『風神雷神』『二度読んだ本を三度読む』『太平洋食堂』『アンブレイカブル』『南風に乗る』など著書多数。

パンとペンの事件簿
2024年11月20日　第1刷発行

著　者　柳 広司
発行人　見城 徹
編集人　石原正康
編集者　武田勇美

発行所　株式会社 幻冬舎
〒151-0051 東京都渋谷区千駄ヶ谷4-9-7
電話：03(5411)6211（編集）
03(5411)6222（営業）
公式HP：https://www.gentosha.co.jp/

GENTOSHA

印刷・製本所　中央精版印刷株式会社

検印廃止

ISBN978-4-344-04379-4 C0093

この本に関するご意見・ご感想は、
下記アンケートフォームからお寄せください。
https://www.gentosha.co.jp/e/